为诗放歌

欧阳龙贵◎著

黄河出版传媒集团
宁夏人民出版社

图书在版编目（CIP）数据

为诗放歌／欧阳龙贵著．—银川：宁夏人民出版社，2017.8

ISBN 978-7-227-06730-6

Ⅰ．①为… Ⅱ．①欧… Ⅲ．①诗集—中国—当代
Ⅳ．①I227

中国版本图书馆 CIP 数据核字（2017）第 212131 号

为诗放歌　　欧阳龙贵　著

责任编辑　杨敏媛
封面设计　圣立文化
责任印制　肖　艳

黄河出版传媒集团
宁夏人民出版社　出版发行

出 版 人　王杨宝
地　　址　宁夏银川市北京东路 139 号出版大厦（750001）
网　　址　http://www.nxpph.com　http://www.yrpubm.com
网上书店　http://shop126547358.taobao.com　http://www.hh-book.com
电子信箱　nxrmcbs@126.com　renminshe@yrpubm.com
邮购电话　0951-5019391　5052104
经　　销　全国新华书店
印刷装订　四川金邦印务有限公司
印刷委托书号（宁）0006249

开本　880 mm×1230 mm　1/32
印张　8.5　字数　200 千字
版次　2017 年 8 月第 1 版
印次　2017 年 8 月第 1 次印刷
书号　ISBN 978-7-227-06730-6
定价　30.00 元

情的热切　诗的绮想

——欧阳龙贵诗集《为诗放歌》序

唐德亮

欧阳龙贵即将出版诗集，我颇感惊喜。在我的印象中，欧阳龙贵是写小小说的。早十多年前我编《清远日报》（副刊）时曾发表过他的小小说，在《清远一周》上，我也常读到他的小小说。他的小小说写得深刻，耐人寻味。如今，他要出版诗集，能不令人惊奇吗？当然，我自然又感到高兴：清远又多了一个诗人。

读欧阳龙贵的《为诗放歌》，能读到他对诗的热情和他诗意中的纯粹。他的情是热切的，他的诗是绮想浪漫的。所谓热切，是指诗人是关注社会人生的，所谓绮想，是指诗人有绮丽浪漫丰富的想象力。作者心灵深处的声音和情感的倾泻，往往只有一个人心中充满着感情的时候才能写出感动人的作品，《为诗放歌》就是这样一部凝结了欧阳龙贵深切情感和思考的结晶。乍一看这个书名，就仿佛能看到一个意气风发，怡然独立洒脱的诗人立于苍山之巅，笑看苍茫尘世，仰天长笑，放声歌唱，咏叹大好河山，赞美着人世的真善美，感叹着那存在于记忆中的流年。

欧阳龙贵的诗，很少华丽的辞藻，而是充满着爱与生活气息，从一首首精短的诗作中，能读到他对社会、历史、生命，对古今人物，对家乡、现实和情感的感悟与思索。

在他的诗句中，蕴含着作为爱的最纯粹的形式。例如《小溪》的最后一个段落：

在小溪边
我把爱撒落在溪水里
让弯弯的小溪
流成我长长的思念
我把诗放在花瓣里
让红红的花朵
捎给你浓浓的真情

又如《在梦里……》的诗句：

在梦里
我的诗也像春光像春花像春雨
而像春光像春花像春雨的
不只是我那扭扭歪歪的诗句
还有那一腔蓬蓬勃勃的朝气

诗中的“我”的爱是纯粹的，欧阳龙贵用了象征和拟人的手法，将爱寄托在小溪、花瓣、春光和春雨中，这些事物也都是美好的象征，让人读来就觉得清新和美好，表达着诗中的“我”爱他人、爱事物、爱祖国山山水水的感情。纯粹的“我”意识到的爱，不论是这个精彩的世界所表现出来的神秘和光彩，还是个人能够感受到的有限的具体或无限的神往，都离不开这种纯粹。从这一点来说，欧阳龙贵的诗歌具有浪漫主义气息。所谓浪漫，就是超凡脱俗，是一种洒脱和率性。从本质上讲，大部分的诗人都有着这样的特质，因为只有他们浪漫，才能让心灵冲破时间和地点的阻碍，上穷碧落下黄泉，纵横古今，挥斥八荒，带有一种庄周梦蝶的肆意自然。

欧阳龙贵写了不少咏物诗，短小精悍，意蕴丰富，不少诗作思想尖锐深刻，比如那5首动物诗，欧阳龙贵用老鼠、老虎、兔子、毒蛇和走狗分别映射了现实社会中的几类人。如《老鼠》中的诗句：

在它胆怯的身体里
却包藏着大大的贼心

又如：

能逮鼠的猫哪去了呢
然而，打鼠的人呢
去哪了？干嘛了？

连续的发问显出了欧阳龙贵心中对待那些祸国殃民、贪污腐败、利欲熏心的人的痛恨，对庸官不作为、不为国为民的现象的讥刺，发问形式用得甚妙。

欧阳龙贵用强大的老虎比喻去讽刺那些残害同类还企图粉饰太平的恶人：

吃肉喝血的嘴巴
闻不到一点腥味

短短两句，就一针见血地撕破了那些伪君子的罪恶嘴脸，鞭笞了那些虚伪和丑恶的灵魂。《老虎》这一首诗带给我的震撼，久久萦绕心头，挥之不去。我想这就是文字的力量。

想象来自于诗人对生命与生活的体验，是这些体验的折射，让我们知道了作者的过去、现在和未来。我们所看到读到的不仅仅是几句简简单单的诗句，更是一个诗人呕心沥血书写出自己多彩的情感。它是超越万物、超越时空的永恒。

欧阳龙贵是一个热爱家乡、热爱山水、热爱大自然风光的诗人。我们从他的诗作中，就能体会到他这种浓烈的情感。比如组诗《连州，我是你的青山绿水》中的句子：

> 你的山峰给了我俊俏
> 你的苍野给了我雄魂
> 你的山花给了我青春
> 你的清溪给了我秀丽
> 你的绿水给了神采

这一系列的排比工整又充满着意味，山峰的俊俏，苍野的雄魂，山花的青春，清溪的秀丽，每一个比拟都用得那么巧妙和恰当，饱含诗人对连州山水的热爱之情，可谓水乳交融，同时也将我们带入其中，感受着青山绿水的美好。

欧阳龙贵并不局限于这类寄托感情的题材，他还另辟蹊径，创作了很多类似于《与〈水浒〉人物有关或无关的诗》之类的组诗。乍一看，觉得奇怪。何为有关却又无关？读罢方恍然大悟，原来欧阳龙贵在创作这些诗歌的时候，不仅仅局限于人物本身在《水浒》这部作品中的形象，而是从各种不同的角度深入挖掘、生发、剖析。比如《支付方式》中的一个段落：

宋江用“忠义”搓成一条长绳
套牢众好汉的脖子
牵着众好汉跳下“忠义”的深渊
为自己涂抹一个“忠”字
其实，葬送别人的同时
他也葬送了自己
……

“套牢”“跳下”“深渊”“葬送”，这些词语尖锐而又直白，戳穿了宋江的画皮。从宋江将“聚义厅”改为“忠义堂”，再到带领梁山好汉受招安、打方腊，终于被封建皇帝赐毒酒毒死，众好汉大部分都成了封建王朝的牺牲品，这就是封建“忠义”害己害人和投降派的下场。欧阳龙贵可谓洞识了封建社会伦理的要害。

诗是情感的艺术，也是美的艺术。美的艺术，往往是诗人对自然美与艺术家主观审美的统一。从欧阳龙贵的《为诗放歌》里，我默默地感受到诗行间带给我的真情和感动，诗美的力量，同时还受到了这份力量的感染。《桃花梦中笑》《连州组歌》《天然杂吟》等组诗中的一些作品情境深远，想象丰富，写出了意象之美、色彩美与情感美之统一。比如写《风》：

风的温柔轻吻着春天
春天就盛开在鲜花里
烂漫的色彩向春天宣誓
爱与被爱都是美丽的

风用有声的语言述说着春的梦
沙沙的风声和摇摆的绿枝

是梦陶醉了春的梦境
风也用无声的语言抒发春的情
阳光明媚和鸟语花香
是情思念着春的恋情

风的热情亲吻着夏天
夏天就在溪水中流淌
叮叮咚咚的水声向夏天证明
爱与被爱都是快乐的
……

诗人善于捕捉自然之美，通过具象多角度地写出风的多重意蕴美，使读者获得强烈的美感联想。

当然，欧阳龙贵的诗并非已经完美无缺，如有的诗过于直白浅露，仍有较大的提升空间。

以上是我读欧阳龙贵的《为诗放歌》诗稿的感触。在此，我不再多谈，希望每位读者都能有自己的感想和收获。

是为序。

（**唐德亮**，中国作家协会会员，国家一级作家，广东作家协会理事，广东作家协会诗歌委员会副主任，清远市文联副主席，清远市作家协会原主席，《清远日报》副总编辑。）

诗意在生活与情感中荡漾

——读欧阳龙贵诗集《为诗放歌》

曹建龙

广东作家即将出版一本诗集，他嘱托我为他的诗集写一篇序言。我顿感受宠若惊，尔后又倍感惶恐。受宠若惊的是他怎么会想到我，我不是名家啊，在诗歌方面没有高深造诣。惶恐的是我自己愚钝，悟性不高，没有写序的经验，怕写不好，更不能提高他诗歌的分量。

可是，盛情难却，我只好答应。他对我如此信任，对于我来说是一件十分荣幸的事情。

他的诗集是《为诗放歌》。从诗集名可以看出，他对诗歌无比热爱、执着、忠诚。2012年5月之前，他主要写小说、散文、故事之类的文体，并有不少收获。2012年5月之后，他就用心攻诗了。俗话说得好：勤奋出成果。近几年，他默默耕耘，辛勤写作，终于写出了大量的与生活、生命、人物、现象、情感等有关的精短诗歌。

翻开他的诗稿，我开始读了几页，感觉他的诗歌写得不错。接着，我一页一页读下去，从头读到尾，读完又从开头再读，一连读了几遍，爱不释手。读着读着，我如沐春风，深深地被他那精致而优美的诗歌所迷醉。他的诗歌，总的来说，构思新颖，语言凝练，内涵丰富，意境深远，诗情荡漾，感情充沛，传递正能量，既没有故弄玄虚和意向堆积，又没有一点牵强和雕琢的痕迹。

他的大部分诗歌寄情于山水，以农村景物或田园风景为题材，对大地山川、风雨雷电等赋予情感，突出发自心扉的厚爱，写出了歌咏“大地”“大山”“连州”“天湖”等绝美的诗篇。他把眼前的美景描摹得五彩斑斓，把大自然给他的启示写得意味深长，情感饱满，富有哲理，产生生活的美感，让人读后有所领悟。如《山路》的最后一个诗节：

山路属于不畏艰难的志士
能读懂大山这本自然之书的人
永远是那些行走在山路上的跋涉者

又如《山峰》的诗句：

山峰有冲霄的豪气
却没有傲人的神气
山峰有屹立的气势
却没有欺人的语气
山峰有攀登的险峻
却没有害人的心计

风、雨、雷电、云雾、雪花，是人人皆知的自然现象，老鼠、老虎、兔子、毒蛇、走狗是日常生活中常见的平凡动物，曹操、刘备、吴用、鲁达、林冲等是我国名著里的人物，欧阳作家按照这些事物本身的特点，通过大胆的合理的想象，运用拟人、比喻、夸张的手法，虽是三言两语，却展现出富有诗意的形象；虽是惜墨如金，却把事物的性格特征描述的传神而细腻，通过意象真真切切地再现栩栩如生的场景，显示出情感写意，洋溢着清新的诗情，让读者感觉焕然一新。如《雪花》一诗的开头两节：

晶莹剔透
漫天飞舞
飘飘洒洒

像精灵一样可爱
像仙女一样迷人
像梦境一样优美

又如《太阳的诗》的其中一节：

你的诗
地球读了
就会变得光明磊落
万物读了
就会变得生机勃勃
生活读了
就会变得温暖美好
我的心读了
就对明天充满希望

我认为出色的诗歌是超越时空的，是对日常生活中的事物的语言审美升华，富有韵味与诗意，并注入美好的情感，蕴含丰富的感染力，流露诗人对大自然、人生、生活、生命的热爱之情，让读者读后有所思，有所感，有所悟。这一点，他做得很好。他写的诸多诗歌，善用第一人称来写，运用拟人手法，这样显得亲切自然，凸现诗歌意境，突出了他的思想感情，给读者带来真实生动的感受，增加诗歌的生动性,使诗歌的字里行间充满活力，给读者垒起了想象的空间。我很喜欢《湟川》这首诗，诗歌精炼，朴实，三个诗节九行诗，不能再多一个字，也不能再少一个字，恰到好处地运用拟人，巧用三个非常特别的动词“染、堆砌、跑”，朴实地把湟川点染得很有灵性。特别是一个“跑”用得传神，把诗情画意写活了，体现了生命的体验，拓展了诗歌的空灵之美，让读者身临其境。这首诗如下：

山峦说——
河水的碧绿
是我的青翠染出来的

河水说——
山峦的青翠
是我的碧玉堆砌成的

连州说——
那些山山水水花花草草
都是我画里跑出来的

读他的诗歌，我头脑里多了很多温暖而幸福的词汇，比如：愉悦、梦想、拥抱、伟大、慈爱、憧憬、甜蜜、疼爱等等。谁都知道，每一个诗人心中都有一片净土，都有自己的乡土情结。欧阳龙贵用诗歌表达家乡历历在目的一切，不是简单而含糊的宣泄，而是情感长时间的沉淀，更是来自心灵深处最美好的回忆，是对生活的乐观感悟，对人生的深刻思索。在他的诗集中，有不少篇什是在歌咏美丽的家乡，壮丽的山河，纠结的爱恋，温馨的生活，多彩的生命。这样的诗歌，句式多变，错落有致，既不直白，又不晦涩，读之朗朗上口，析之意味深长。《有一句话不曾说》句子很有节奏，最后四句别具一格，运用顶真，充满美感。

有一句话不曾说
捏在手心里
掌儿磨成厚厚的茧
可那句话依然很嫩
嫩得像芽尖尖
那句话依然很美
美得让人无法说得出口

这本诗集中，除收录了欧阳龙贵的现代诗外，还收录了一些格律诗。有人说：诗是“感其况而述其心，发乎情而施乎艺也”。的确如此，他的格律诗体现了这一点。如他写的《吟鲁迅》：

一

一副铿锵骨，
金刚怒目容。
文章惊敌胆，
墨海跃蛟龙。

二

入木三分利，
淋漓破敌魂。

笔枪抨鬼蜮，
沥血润乾坤。

三

巨著砌山高，
锋芒胆气豪。
天昏妖作祟，
志士敢抽刀！

四

辣笔作投枪，
寒光射上苍。
雄文千古壮，
浩气万年长。

又如《兰》：

寒川深涧散幽香，
不惧清寥伴冷霜。
阅尽山中风雪雨，
不争春色亦流芳。

他的格律诗诗句深刻精辟，不拘泥于格律，取材范围与他的新诗相似，且包含着他的新诗元素，描绘山川，抒写人物，歌咏事物，缅怀名人，抒怀祝贺，是他的随心随想随意，有感而发，或借景抒情，或托物言志，或感事抒怀，我不一一阐述。

好诗是什么？仁者见仁，智者见智，至今尚无确切的定论。但欧阳龙贵给诗下了一个定义，他说，诗是生活中的美，是情感的写意，是生命的体验。第三次拜读完他的诗歌，我感觉他的这句话说得堪称经典。他这本诗集里的诗歌，就是他生活的美感，情感的写意，生命的体验，这也是他的《为诗放歌》诗集所带给我的力量。

诗人欧阳龙贵在诗歌领域里已经迈出了可喜的一步，我知道他对诗歌是热爱的，是勤奋的，是认真的，是忠诚的。我相信他今后会写出更多更有新意和诗味的诗歌，祝他的诗意人生更加精彩！

这是我读欧阳龙贵的诗集《为诗放歌》后的感悟，权且为序。

（**曹建龙**，笔名曹会斌，湖南省作家协会会员，著有文集《心海逐浪》。）

目录 CONTENTS

第一辑　现代诗

第二辑　格律诗

第一辑 现代诗

你的诗
地球读了
就会变得光明磊落
万物读了
就会变得生机勃勃
生活读了
就会变得温暖美好
我的心读了
就对明天充满希望

我是风，轻轻地吹

我是风　轻轻地　轻轻地
吹过你的身边
也许你不会在意
但总有一天　你会想起
我曾经拨动过你的枝头

我轻轻地　轻轻地吹过山冈
我吹过一座　又吹过另一座
吹得你悄悄地开了
花啊　你知不知道
让你做梦的
让你的梦散发芳香的
就是我啊
就是轻轻吹的我
就是轻轻走的我

虽然我多想
多想你知道
我朦朦胧胧的心思
但我砰砰的心跳
像做贼一样紧张
我慌慌张张地
把我的梦扔给你

就匆匆离开
什么也没有了
你愿不愿意把它
开成一朵美丽的花儿
等待有一天
我来采撷
送给我新婚的娘子

我轻轻地　轻轻地吹来
又轻轻地　轻轻地吹走
因为　我不敢惊扰你的梦
就算我多想多想停下来
想和你说说话
哪怕是静静地看看你
可我怕　我就怕
我的大嗓门一出声
淅淅沥沥的春雨就会落下来
让你哭成泪人
把你的娇艳
淋湿得楚楚动人

你不会不知道
有人轻轻地恋上你
只是你未曾料到
只是你含苞的春天
还未开出一朵成熟的女孩

等你怒放的时候
我已经吹过了你的枝头
吹到了另一朵花的枝头
或许一个很远的地方
或许吹到天涯海角

谁抚摸过你的秀发
谁吹散着你的芳香
那朵盛开着梦的花
我再没有回来采撷
那朵梦般美丽的花儿
我无缘送给我的新娘
也无缘送给我曾爱恋过的你

你独自芬芳吧
或者蜜蜂会来
彩蝶会来
阳光会来
雨水也会来
可我不会再来了
我知道　我来与不来
都无关紧要了
我没想把这朵花
摘下来送给我的新娘
因为我的梦
早已是姹紫嫣红

你不一定开得像花
但我的梦一定开得妖娆
不管你开成一朵怎样的花
阳光都会喜欢你
雨水也会喜欢你
我也一样喜欢我梦中的你
只是我不敢回头
要是我一回头
别后的相思
就不会开得像花一样美了
我们的梦　又怎会
在花丛中和花一样甜甜地微笑呢

我轻轻地接近春天
就像轻轻地接近你一样
春天开花的时候
我的梦有没有
在你的花蕊里盛开
你的春天
早已在我梦里
五彩缤纷
我虔诚地祈求
你用爱的名义
把我的梦也盛开成
一朵山花

不是我没有回头
我一遍一遍地从你身旁吹过
或许你含苞待放
或许你名花有主
也或许你已经零落成泥
我不敢扰你清梦
只是轻轻地轻轻地
吹过你的身旁
我是风　是风就注定孤独
注定漂泊

我是风　轻轻地吹
把自己吹成一位耕夫
在你怀春的田地里
耕耘思念
那长势茂盛的庄稼
结出的全是
飘着酒香的回忆

吹吧　吹吧
最好把我的诗吹醉
让它轻轻地
轻轻地撞进花的心里
哪怕是迟到的春天
也会有爱的旖旎

我是风　轻轻地吹
别问我从哪里吹来
也别问我吹到哪去
你只要知道
你愿不愿意　陪我
去浪迹天涯
来一回潇潇洒洒的旅行

桃花梦中笑

一个春暖花开的季节
我遇到你
我遇到你
就像遇到了一个春天

你来了
桃花就盛开了
妩媚的春光也来了
我向你走去
迎向我的是妍丽的桃花

我不清楚
你是桃花
还是你貌美如花
明明我看着你花容的时候
一朵朵的桃花都化作了你
明明你向我笑的时候
桃花就在我的梦中含笑

没遇到你之前
我是不做梦的
遇到了你之后
我就常常做梦了

是你含笑的眼神让我做梦
还是你桃花一样的美丽
让我做桃花一样缤纷的梦
反正我旖旎的心情
白天黑夜都沉浸在你
明丽的阳光里和灿烂的花色里

你向我走来时
春天也走进了我心里
走进我心里的
还有你笑靥一般的桃花
以及桃花一样动人的你

因为你　我做梦了
我的梦也像盛开的桃花
也像桃花一样笑盈盈的你
我想寻心里的梦
想寻梦里的桃花
想寻桃花一般的你
寻寻觅觅　觅觅寻寻
寻来觅去　我才发现
我走不出我梦中的春天
而你　却在春天的梦之外
和桃花一起　朝我含笑
我和你的灵犀是那么近
而我和你的距离是那么远

假如我找不到你
找不到你让我做的梦
我也要用文字做石板
铺一条古道一样的
通向梦境的幽幽曲径
也许你在梦里
也许桃花也在梦里
但春天绝不在梦里
只要你有思念
春天就属于你
如梦的桃花
就盛开在你耕耘的日子里

桃花在我梦中
桃花一般的你也在我梦中
你春风一般的温情
吹拂着我的爱恋
像春雨一般淅淅沥沥地落下
打湿了我不知多少个梦
和梦中桃花粉红的花瓣

我用你的温情和我的爱恋
酿成一篇和风细雨
谁都能读出酒香
读得真正心醉的　是那
桃花的花瓣和你的笑靥

还有我缠缠绵绵的梦

你是不是对我笑
我不敢问桃花
因为桃花的红靥
在我梦中羞赧地笑
笑得我的春天
盛开一个桃花般的梦

桃花在我梦中笑
笑来了阳光
把我的梦照得明亮
也笑来了风雨
风雨中的桃花
不知为谁楚楚动人

自从你走进我的梦中
你就再也走不出
我盛开桃花的春天
自从你在梦中笑
我也走不出
你桃花一样的笑容
走得出和走不出都一样
其实你和我都不想走
不想走的
还有你和我心中的精彩

遇到你那天
我正在赏桃花
你走进桃花林
我分不清你如桃花
还是桃花如你
你和桃花都走进我梦中
在梦中
我隐隐感觉你在做贼
悄悄去偷我的心

你不该做“贼”
不该潜入我梦里
偷走我心里的爱恋
我不能不判你重刑
判你终身“监禁”
一生一世囚禁在我梦里

你囚禁就囚禁吧
你不该把我的“囚牢”
打扮成鲜花盛开的花园
你还牵着我的爱
徜徉在林间花径

在桃花盛开的季节
我遇到了你
在桃花盛开的梦中

我囚禁了你
如今　你拴住我的爱
在春天里开放着
鲜花一样的回忆

我是你思念的雨

你思念我多一点
还是我思念你
多一点
这都无关紧要了
重要的是
我化作了漫天的大雨
你的思念
在漫天的大雨中
飘飘洒洒地落下

我们真不该相遇
真不该在那个雨天
你的小花伞
撑着一道风景
在雨中变成一道更美的风景
我们是风景中的两粒种子
其实我们相遇也无关紧要
重要的是
我们分别后
都把自己当成种子
扔进了彼此的心里
在夜的沃土里
特别是在有月光的心情里

你这颗种子
就在我的无眠里
长成一棵茂盛的思念
我不敢问你
你心里有没有
衔着一枚苦苦的思念
因为我知道
月夜的那一头
有一个人的思念里
正下着
飘飘洒洒的大雨

雨来的时候还有风
风一吹来
春花便娇娇艳艳地开
而我们的思念
却像一朵憔悴的花
在雨中
零落一片一片的花瓣

不要怕风来
也不要怕雨来
雨来的时候
可以滋润我们思念的干旱
风来的时候
我会托它捎去

一段心头的诉说
让它吹过你的身旁
你会知道
那就是我
就是我潇潇洒洒的忧伤

雨来吧
越来越浓的雨
酝酿着我们的思念
我们越来越浓的思念
在风中飘来酒香
思念越长
香味越醇

假如没有雨
你能知道我思念你吗
你能像雨一样
飘飘洒洒地
让你的思念
淋湿我长长的诗句吗
不要怕我的诗句感冒
你知不知道
没有你下雨的日子里
我天天都是病恹恹的
只有你的风雨飘来的时候
我的诗句才像花一样

开得别样的清丽和娇美

我们一起看雨时
我说我是你思念的雨
你独自看雨时
你说你是我思念的雨
如今　谁是谁的雨
我已经混淆不清了
我只是不会忘记
你喜欢看雨
我也喜欢看雨

未遇到你之前
遇到那场雨之前
我也曾遇到一场雨
只是雨中没有那把小花伞
雨水打湿的
也不是我的长诗
而是我平平淡淡的日子

其实我不怨雨
要不是那场雨
我们就不会成为雨中的那道风景
那道风景就不会成为我长长的诗
我长长的诗
就不会让思念读成一场飘洒的大雨

我们知道
相遇的那场雨不会再下
而思念的雨
在回忆的日子
不曾停下
飘飘洒洒地
落下漫天的思念

诗歌中的我

在诗歌中
我只不过是一个文字
要是农夫把我种在地里
我就会长成庄稼
丰收与歉收
全赖年景好不好

也许我长不成庄稼
但我也可以长成
一株植物　可以是树
也可以是花　甚至还可以是草
不管是什么　我的颜色
是大地上最自然的色彩

我喜欢自己是一条小溪
在山间　在林中
流淌着自己长长的诗情
与砂石为伴　听虫鸟清唱
要是明月从高空看我
我是一条飘舞的白练
一时蜿蜒　一时跌宕
蜿蜒和跌宕　都是我
清纯又顽皮的诗句

要是清风从远处吹来
我也会兴奋
兴奋的心情按捺不住
一路都在轻吟浅唱

在诗歌中
我愿意我是雨
不要以为我流泪
我伤痛的日子
早已结了疤痕
虽然伤过 但不再疼痛
有时我也想
就算我痛痛快快地
哭上一场 也是应该的
那些伤口虽已结疤
但伤痛还没远去
流过血的伤口
就算好了 痛过的记忆
都难以忘却
我是雨 是真真实实的雨
不要误解 没有多义
因为我的文字
需要足够的雨水
才能长成庄稼
或者长成野生植物
我的绿色 或者我的颜色

才会更绿 或者更新鲜

有人说 我诗歌中的雨水
有咸味 不是纯雨水
有人品出我的雨水中
有汗水的味道
我想否认 但事实如此
无法否认 我细细品尝
那浓浓的汗味
渗透在我飘飘洒洒的雨水里
渗透在我诗歌中的每一个字里
每当我尝到我雨水里的汗味时
我才回过神来
原来我才是农夫
我耕耘的汗水
滋润着我的庄稼和我的诗
我也是渗透汗味的雨水
我的诗需是我的雨水浇灌
有雨水的浇灌
我的诗才能长成的庄稼
那些野花野草
也是长在我田间地头的
也是我用雨水和汗水
浇灌出来的桀骜的诗句

不能否认我是我诗的雨水

我是我诗歌中的汗水
但我希望 在诗中
我是一阵潇洒的风
吹一吹春天 花儿就开了
吹过山水 山水就绿了
要是不经意地吹了吹我的庄稼
我那半死不活的诗歌
也就鲜活起来了
鲜活起来的诗吵着闹着
缠着我 要我带他去漂流
诗说 风飘过的歌是最动听的
风的抒情是最温柔
也是最豪放的
哪怕旅途平平仄仄
哪怕到了天涯海角
漂流的疲倦
自然有明月的陪伴
自然有风光的慰藉
风吹过的时候
我的诗听成了一首歌
而我却听成了一首诗
那些挥汗如雨的劳者
言之凿凿地说
不是诗也不是歌
而是我们期盼的风调雨顺

在我的诗歌里
我到底是什么
我想我应该是一点星光
或者是一只萤火虫
在没有月光的夜晚
不能让人失望吧
总该有点光亮
让起早摸黑的人
揣着信心赶路
那一抹微弱的亮光
始终陪伴你前行
哪怕你跌跌撞撞
只要你一抬头
那点亮光 就在你前方闪烁

在诗歌中 我最希望自己
是田地里的一捻泥土
若是没有泥土
我的文字怎么播种
我的诗怎么能长成庄稼
可惜我不是泥土 其实
我是一位平凡的耕耘者
默默地耕种着我的诗歌
那些雨水渗着我的汗水
所以才有汗味
我的诗歌

就是我种出来的庄稼
一粒一粒的文字
就是我收获的五谷杂粮
它的淳朴
就像我们的父老乡亲
就像我们的兄弟姐妹
就像我们故乡的一方水土
不要嫌它粗糙
细细咀嚼
你会吃出粮食的香味
它的营养
足以养活千秋万代

咳嗽的冬天

我不喜欢冬天　天气一寒
我就不停的咳嗽
白天咳　夜里咳
咳得我撕心裂肺　肝肠欲断
一声一声的咳嗽
撞击着白天的胸脯
也抽疼了夜的腹部
止不住的咳嗽声
在寒风中战战兢兢
踉踉跄跄的脚步
在冬天里
踽踽而行

冬天一来　我就容易感冒
一点风吹草动
我就咳嗽不止
更糟糕的是　我一咳嗽
冬天也和我一样咳嗽起来
感冒的冬天
也变得哆哆嗦嗦

可恨的寒冬
无情地摧残着我

还有我的诗
我和我的诗都很孱弱
寒风的长鞭　狠心地挥舞
抽打着我的气管
和我的诗的脊梁
我痛苦地咳嗽
喘着粗气　像受伤的猛兽
张开嘴　冒白沫　喘着粗气
我不倒下　我的诗也不倒下
我的诗陪我并肩作战
血战寒冬　对抗咳嗽
强势的寒风　严重的咳嗽
年年侵犯我的健康
骚扰我的诗的心境
几十年来　把我折磨得疲惫不堪
甚至伤痕累累或者血迹斑斑
咳嗽的刀枪
把我诗的脊梁戳断
但我的诗不会死
一段一段的诗句
虽断犹生　长长短短的诗句
重新列队
一首首伤痕累累的诗
成为我忠心耿耿的战神

我没有屈服　我的诗也不会屈服

我们相信　冬天终有不咳嗽的一天
只要我们坚持
持久地战斗　受伤的诗句
将会磨成铿锵的字词
架起铮铮的脊骨
到那个时候
我们不再听到冬天的咳嗽声
我们听到的是
我诗歌行走的铁骨之声
即使不胜　死有何惧
为自己和自己的诗而战
即使我倒下了
但我的诗也不会倒下
我诗歌的颜色和草的颜色一样
绿遍田野　绿遍山岗
春天到来的时候
草根会把我的诗
长得生机勃勃　春意盎然

天气一凉　寒风一吹
冬天就感冒　我就会咳嗽
我就要到处寻医问药
医生说，是咽喉炎
另有医生说，肺部有问题
再有医生说，体质差
这是多数人的结论

病急乱投医　啥药不见效
我默认了大数人的意见
大家建议我多运动运动
我也想舒展舒展手脚
不想总窝在家里
可我要看住我的诗
我的诗是一群好动羊
一不小心就会蹦出去
一不小心就会触犯了人家的庄稼
我不得不小心看管我的羊和我的诗
在家陪着我的诗
在家看守我的羊

本来我是不咳嗽的
我的冬天也不咳嗽的
或许当时我年轻
或者当时冬天还没有来到
后来因为我误信别人的话
冬天就咳嗽不止了

一年冬天　我偶感风寒
开始感冒咳嗽了
我想要去就医
一位专家说，不用看医生
咳几天病自然会好的
由于错过治疗的时机

病情加重　落下病根
后来　不管吃多少药
都治不好冬天的咳嗽
十几年之后
我去广东药学院学习
一位更大的专家说
三天不吃药，就要终生服药
意思是说，有病不及时吃药
治疗好疾病
就会落下病根　长期服药
我悔之晚矣　恨不该听信鬼话
害得自己和冬天落下终生咳嗽
咳得自己的诗也一身是病
从此悟出　别人的鬼话不能信
甚至有时　连自己亲人的话
也不能全信　有时候害你的人
往往是你身边的人

我冬天的咳嗽也许治愈不了了
闹得神憎鬼厌　不得安宁
一声一声的咳嗽声　如鼓声
敲在萧瑟的冬夜里
声响是多么雄浑　多么深沉
敲得我的诗好像听到战鼓
拖着伤痛的身躯
舍命地向前冲去

咳嗽算啥　勇者无惧
每声咳嗽　敲醒了我的诗
让我受伤的诗
增添了几分英雄气
咳嗽的冬天没人喜欢
但咳嗽的诗　是很受欢迎的
青草喜爱　山花喜爱
那些出力出汗的人喜爱
因为我的诗也有一身汗味
当他们带着疲倦
翻阅我咳嗽的诗时
他们读出——
我的诗不是墨水写出了
而是用汗水浇灌出来的

咳嗽的冬天不要紧
要是冬天不咳嗽
我的诗可能不会贴近地面
不会体贴别人的疾苦了
没有生病的人
能体会到病人痛苦么
冬天咳嗽不算啥
我和我的诗一样
咳嗽不因为是病
更多的是因为累

到连州的四季走走（组诗）

到连州的春天走走

到连州的春天走走
你就会像春风
把爱恋种在这里
这是个让人留恋的地方
不等你离开
它就把你的脚印
盛开得满山遍野
你的名字就在鲜花丛中
盛开得像花儿一样鲜艳
青山虽然无语
那些高高低低
连连绵绵的山峰
画出来的意境
就有了春光一样的情怀
于是你会做梦　连州也会做梦
两个梦虽然不同
但两个梦都春光旖旎
只要绿水的明眸一传神
春的脉脉含情
便化作山间的小溪
叮叮咚咚地流淌

不用等你的爱恋生根发芽
更不要等你的爱恋开花结果
只要你眯着眼睛
吸一吸风中的花香
连州便会钻进你的心里

到连州的夏天走走

到连州的夏天走走
你就会像清风
把快乐留在这里
白天蝉鸣一声
夜晚蛙叫一声
你的心情就会放飞
一句一句的诗歌来
这些诗在树林里打转
转得一山又一山的苍翠
要是它玩疯了
便会一头扎进湟川河里
把一川的江水染得碧玉一般
当它湿漉漉地爬上来的时候
不经意的一个颤抖
便抖落了半江红霞

望一眼星空
望一轮明月
只要你的诗不捣乱

宁静的连州
便酣睡在你甜蜜的梦里

到连州的秋天走走

到连州的秋天走走
你就会像秋月
把思念丢在这里
月饼一样的圆月
只要你抬头望去
思乡的口水就会流出来
满嘴都是家的味道
和纯朴的乡土气味
这味道比酒浓烈
能把远方的游子
还有四面八方的客人
醉倒在青山绿水里

不用举头望明月
只要夹一根青翠的菜心
尝尝古城的美食
你的思念也会徜徉在
千年古城的风韵里

连州恍如一坛陈年老酒
你的思念闻闻都会醉
不信　就看看南飞的雁群

酒香诱得它们
一头扎进连州的情怀里

到连州的冬天走走

到连州的冬天走走
你就会像冰雪
把回忆带到这里
你带来的回忆不是冰雪
却有冰雪聪明的韵味
天湖的冰雪也不寒冷
它只是把你的回忆
雕刻得晶莹剔透
以致你离开连州时
带回去的是纯净的情分

来了连州　你会很贪心
你会把行囊塞得满满的
恨不得把什么都塞进去
你带回去的是沉甸甸的行囊
带回来的是轻松愉快的行程
行囊塞得太满了
自己的回忆反而落下了

到连州的冬天走走
你不能忘了吃一顿火锅
热气腾腾的腊味火锅

让你回味无穷
等吃暖了你的身子
才好神采奕奕地回去
让你的亲朋好友知道
连州有个热情的冬天

到连州的四季走走

到连州的四季走走
你不能没有诗
连州这幅画
要配上几句诗才算完美

连州很简单
它只是一幅原生态的画
不需工笔描绘
只要蘸满情意
随手涂鸦几笔
山山水水的意境
你就可以轻轻松松地带回去

要是没有画笔
你可以随口吟几行诗
把诗搓成一条长绳
这样
你可以把连州牵回去
连州可以把你牵回来

大山颂（组诗）

大山

大山挽起爱的臂膀
拥抱着花草树木
拥抱着飞禽走兽
要问大山的爱有多深
就问连绵起伏的群山
就问群山苍苍茫茫的壮观

参天古木撑开成长的茂盛
伟岸的躯干挺直了大山的深爱
花花草草温馨地微笑
微笑中见证了它们的幸福
那些啾啾的百鸟和唧唧的鸣虫
也为它们舒心的日子歌唱
在大山爱的怀抱里
谁都能享受美好的时光

大山的美是壮美
大山的爱是大爱
屹立的山峰凸显了大山的阳刚
阳刚中张扬了自己的千古风流
在广袤和浩瀚的渲染下

傲然地宣告了自己的巍峨
大山虽无言
无言才是刻写自己的最好丰碑

大山也许历尽无数磨难
也许有过伤痕累累
可大山对真善美的追求
依旧无怨无悔
大山的爱　深沉而博大
因为大山就是真善美的化身

大山是慈爱的
胜比苍天对人间的垂怜
大山是无私的
正如大地对人间的馈赠
在大山面前
我们还能有什么抱怨
大山的丰厚和奉献
足以令生命苍白和微小

那些阴险狡诈的伎俩
在大山面前
该低下他们装满毒汁的头颅
而公平和正义的阳光
将在大山面前
高昂自己光芒灿烂的尊严

大山不灭　自然永恒
在苍天和大地之间
大山孕育着岁月的延伸
毫无私心的大山
默默地延伸着岁月之光
大山没有血肉
它却是仁爱之神
我们在享受真爱庇护的同时
也要爱大山　爱自然
爱我们的大山之神

山溪

从高山走来
向远方流去
追求的脚步不会疲倦
日日夜夜奔向前方

山中流淌的小溪
叮叮咚咚地哼着欢乐
尽管路途弯弯曲曲
还会遭遇深潭险滩
山溪没有退却　勇往直前
要问山溪为何这般坚韧
因为它怀揣着梦想

山溪的水是轻盈柔弱的
可山溪的意志不柔弱
何惧远方路途遥远
一路沙石相伴
沙石的憨厚
定能保你一路平安
两岸鲜花相送
鲜花的美丽
定能让你路途愉悦

山溪的水是纯洁清白的
清清白白的品质
反而更易遭人抹黑
天地可鉴
就算溪水浊了
也是被人搅浑的

山溪　你的清白毋庸置疑
你的品质
在蓝天下珍珠般闪亮
山溪　请带上我的祝福
祝你梦想成真
让你的梦想在阳光下放射光芒

山涧

山峰与山峰之间
夹出一条狭长的幽深
幽深处
流淌着一条清澈的小溪

山涧　你疼不疼
那条峡谷
是不是你伤痕
那条流淌的溪水
是不是你流出的血

山涧把苦水咽在肚里
再疼再难
也不向人诉苦
就是身躯裂开
也要变成一条清幽的美景
就是心里流血
也要化作一条清凉的溪水

山路

蜿蜒的山路
是不是一条引人入胜的情节

让人读大山这本
读不完的大自然的巨著

没有曲折
距离就短
没有艰险
内容就浅
山路的曲折和险峻
构成了大山的博大精深

山路　属于披荆斩棘的勇士
山路　属于不畏艰难的志士
能读懂大山这本自然之书的人
永远是那些行走在山路上的跋涉者

大地诗情（组诗）

大地

大地敞开广袤的胸膛
张开有力的臂膀
拥抱着山川和河流
拥抱着村庄和田野
拥抱着豪气的大千世界

一寸土　一份爱
一条河　一段情
大地用真情和大爱
孕育出生机勃勃的天地万物
大地默默无语任劳任怨
艰辛又坚强地承载着生命的时空
阳光是真理的裁判
见证着大地的伟大和慈爱
大地无私地奉献出自己的一切
但也永远地拥有着人间的一切
大地无私的付出
必将得到丰厚的回报

山峰高昂着大地的阳刚美
河流蜿蜒着大地的柔情美

碧绿和苍野是大地的青春
大地古老而年轻
大地也永远不会老去
更不会死去
她与日月同寿与山河同秀
土地和田园是大地最美好的希望
每到收获季节
大地挥舞豪情
收割着黄橙橙香飘飘的岁月
深情养育着千秋万代和生生不息
让生命的太阳高挂亘古的天空

大地无言　却一声声深情地召唤大爱
大地无求　却时时刻刻幸福地拥有魂灵
让我们感恩大地这位最神奇的圣母吧
感谢她养育了生命的睿智和大自然的壮美

山峰

山峰是我们的神
他昂起我们希望的头颅
山峰是我们的魂
他挺起我们信念的脊梁

一块块大大小小的石头
构成山峰巍然的风骨

一棵棵翠翠绿绿的树木
书写着山峰浩气的诗情
泥土是山峰朴质又丰富的语言
任你千年万年
始终表达着屹立不屈的主题

山峰有冲霄的豪气
却没有傲人的神气
山峰有屹立的气势
却没有欺人的语气
山峰有攀登的险峻
却没有害人的心计

我们的神是一座山峰
我们的魂也是一座山峰

田野

田野把自己的精华板块
无私地奉献给农人耕种
汗水和辛劳打动了丰腴的感情
田野丰收着爱情的结晶

一茬一茬的耕耘
长出了绿油油的憧憬
绿油油的憧憬

长出了金灿灿的希望
金灿灿的希望
长出了甜蜜蜜的日子
稻香远远飘来
谷浪阵阵翻滚
陶醉了大地的风光
也喜红了天上的太阳
田野的深情只有勤劳的人才懂得
田野的爱恋只有追求者才去耕耘
没人耕耘的土地不是好土地
田野以纯朴和真诚的心灵
赢得了耕耘者理解和追求
田野用自己的丰腴之躯和颗颗粒粒的情意
把日子养育得平平安安和甜甜蜜蜜
田野把庄稼种在心头上
等待着有心人来呵护和疼爱
田野的爱很公平
谁用心耕耘谁就会有收获
田野的心也很明亮
谁欺骗了土地的感情
谁就不会有收成和幸福

河流

从山中奔流而来
带着大山的纯朴和坚毅

滚滚向前而去

流过多少山间
流过多少田野
弯弯曲曲的征途
才能显出男儿本色
冲过多少险滩
冲过多少激流
磨磨难难的日子
更显出惊天动地的气概
谁说河流柔弱无骨
它的雄壮胜似千军万马
谁说河流桀骜不驯
它的温情长长绵绵

高山阻止不了它前进的脚步
因为它的心向着远方
险滩阻止不了它追求的梦想
因为它的情牵着大海

路

一端系着出发点
一端系着目的地
用一条血脉的纽带

把行人迎来送往

路有宽广也有狭窄
能宽广它就宽广
不能宽广才狭窄
路有平坦也有陡坡
能平坦它就平坦
不能平坦才陡坡
路有笔直也有蜿蜒
能笔直它就笔直
不能笔直才蜿蜒

路有热情的态度
畅通的心愿
更有坦荡无私的胸怀
路给人们送来渴望和牵挂

一头连着思念
一头连着平安
路送走的是思念
送回的是平安

路连着路　心贴着心
希望世上路路相通
祝愿人间心心相连

连州组歌（组诗）

连州

不知哪位丹青高手
一时来了兴致
就在历史的长卷里
挥毫泼墨
画下了一幅山水画
这幅山水画的名字
就叫做连州

青青的山峰是空濛的画面
绿绿的河水是空灵的意境
画中的山山水水是连州
连州的山山水水是画图

这幅画珍藏在连州
已经两千多年了
这幅山水藏画
刘禹锡来看过
韩愈来欣赏过
孟宾于还把自己葬在画里
连州又把自己画在历史里
就成了一座历史文化名城

连州　没有沉默过
湟川的涛声
响彻弯弯曲曲的滩头
东山和西山的风声
掠过松林和竹海
吹奏着悠悠的岁月之歌

连州　没有寂寞过
先贤的诗唱过
民间的歌谣唱过
文豪的华章赞过
时至今日
欧阳龙贵还深深浅浅地吟哦着
把连州吟成一行行长长短短的诗

连州一路走来
走过秦汉魏晋南北朝
走过唐宋元明清
连州还会一路走下去
走向未来走向幸福走向辉煌
或许有一天我的诗会老去
但连州永远不会老
连州的山山水水永远不会老
连州的今天朝气蓬勃
连州的明天依然是春意盎然

福山

一山古木
掩映一座道观
一座道观
修出一位廖仙

山还是那座山
人还是那个人
只是多了个传奇
山就不是那座山
那座山蕴含着仙道神韵

这座山变成了一道胜景
让人久久欣赏
这座山变成了一处福地
引人久久向往

地下河

张开巨口
想吞噬什么
群山在天边
日月在天上
能吞得了吗

幽幽的山洞
是谁猜不透的构思
神秘能引起人的好奇
但制造神秘的人
只对别人的口袋好奇
那泓汩汩的清流
怎么甘心身居暗洞
那道不想走出禁锢
千年万年的情怀
为谁等待千年万年呢

巾峰山

一座巾字形的山峰
耸立起阳刚的风骨
连州把它放在心里
巾峰山就有了真魂

巾峰山迎来旭日
送走夕阳
它静听松涛风声
惯看春花秋月
山峰便铸就了品性
有了品性的东西
就有了生命的解读
有解读的生命

就能拥有永恒

天龙峡

一条天龙
长卧高峡深谷
不为别的
只为一段恋情

有人为天龙峡
写成传奇
不为别的
只为连州的山山水水

还有人
也会牵挂天龙峡
那时为啥
这恐怕连天龙也不会知道

湟川

山峦说——
河水的碧绿
是我的青翠染出来的

河水说——
山峦的青翠
是我的碧玉堆砌成的

连州说——
那些山山水水花花草草
都是我画里跑出来的

天湖

哪路神仙把一块碧玉
遗落在大东山里
千万年过去了
不曾被人拾去
不是凡间没有贪欲
只是那块玉太大
别人拿不动捡不走

拜托哪位好心的鬼斧神工
凿一小块给我吧
我要做块玉佩
送给我的情人
让人们也羡慕我嫉妒我吧
羡慕连州有位风流的情痴
嫉妒情痴深爱着美丽的连州

天然杂吟（组诗）

风

风的温柔轻吻着春天
春天就盛开在鲜花里
烂漫的色彩向春天宣誓
爱与被爱都是美丽的

风用有声的语言述说着春的梦
沙沙的风声和摇摆的绿枝
是梦陶醉了春的梦境
风也用无声的语言抒发春的情
阳光明媚和鸟语花香
是情思念着春的恋情

风的热情亲吻着夏天
夏天就在溪水中流淌
叮叮咚咚的水声向夏天证明
爱与被爱都是快乐的

风用炽热的心表达夏的相思
火辣辣的情怀和热腾腾的语言
是相思掩饰不住夏的激情
风也用清凉的柔情吹拂着夏的心境

清风徐徐和清风送爽
是心境牵挂着那一丝丝飘然的风情

风的真情深吻着秋天
秋天就在果园里结果
瓜果飘香的收获向秋天验证
爱与被爱都是幸福的

风用真真实实的成熟凝聚着秋的爱
金灿灿的回报和沉甸甸的馈赠
是爱孕育出秋的丰厚
风也用甜甜蜜蜜的喜悦拥抱着希望
蓝天碧海和野旷天低的广袤里
是希望在神州大地上永远的畅想

风的忠诚亲吻着冬天
冬天就在冰雪中潇洒
凌寒傲放的梅花向冬天揭示
爱与被爱都是经得起考验的

风用凛冽的庄严告诉冬的真诚
嗖嗖寒风和漫漫长夜中
是真诚伴随着爱度过严寒
风也用暖暖的火苗燃烧着熊熊的信念
梅花开了，还怕没有山花烂漫吗
只有经历磨难考验的信念

才会在百花丛中笑傲群芳

雨

谁的泪水
多情而缠绵
花儿动心了
绽放着靓丽的风采
青山动情了
抖擞着翠绿的青春
鸟儿陶醉了
一声声的啾啾鸣唱
蜂蝶忘情了
嘤嘤地吮吸着花蜜
真情的美
人人都会追觅
爱的心窝
有时需要泪水的滋润

谁的汗水
清凉而甘甜
禾苗长出绿油油的憧憬
稻田洋溢着金灿灿的希望
田野上的犁耙
翻出的是一行行粗犷又精细的诗行
那感情丰富的诗句

演绎出劳动的真义
太阳下的挥汗收割
收获的是结实又饱满的心情
那实实在在的颗粒
承载着耕耘的主题

雨水是泪水
是洒向人间的真情真义
雨水是汗水
是赋予劳动的至善至美

雷电

炸一声响雷
惊天也动地
老天因何怒吼
因为天空有乌云
因为大地有闷热

一声霹雳
划破长空
光芒的利剑
惊鬼神也镇妖魔

善良的心啊
你别害怕

雷公不打好人
相信吧
万军雷霆过后
会有一场大雨
雨水将尘埃冲洗干净
大雨停了之后
山也青青
水也清清
野外处处清新
天高云淡
天空一片清明
或者在你的心头
升起一条美丽的彩虹
装饰着你温馨的心情

云雾

有时白云飘飘
有时彩霞灿烂
有时薄雾缭绕
有时雾霭茫茫

你是谁家的女孩
为何这般善变
你的心情为谁晴朗为谁阴沉
我一颗丹心永不坏

大爱大善作肝胆
你该把阳光的一面留给我吧
再把阴沉的那一面
留给那些黑心肝烂肚肠吧

雪花

晶莹剔透
漫天飞舞
飘飘洒洒

像精灵一样可爱
像仙女一样迷人
像梦境一样优美

它可爱却也脆弱
它迷人却也冰冷
它优美却也无情

你可以和它快乐嬉戏
也可以和它尽情追逐
还可以对它浪漫遐想
但你不可以去碰它
因为它捧在手里会融
它冷冰冰的泪水会打湿你的梦
你也不可以和它亲近

因为拥抱入怀它会化
它湿漉漉的泪水会伤透你的心

要知道
有些东西是虚情假意的
它表面很美
其实内心很冷
它能拨动你的心弦
却不能给你弹奏心曲
它能给你无边浪漫
却不能给你一分真情
它能给你千般迷人的风情
却不能给你一颗炽热的爱心

可爱的雪花
迷人的雪花
梦一般的雪花
可它的泪是冷的
它的心也是冷的
它的爱更是冷冰冰的

为诗放歌（组诗）

在风中……

不要问我为什么爱你
要问　就问三月的春风
只要春风吹过的地方
到处是山花烂漫　草色青青
只要春风吹来
爱也会有一个美丽的春天
在风中
爱就是青春飞扬的诗情

不要问我为什么爱你
要问　就问十月的秋风
只要秋风飘过的地方
到处是瓜果飘香　稻谷金黄
只要秋风飘过
爱也会有一个甜蜜的秋天
在风中
爱就是果实累累的诗意

不要问我为什么爱你
要问　也不要问春风

因为在三月的春风里
有一个梦一般的相思
也不要问秋风
因为在十月的秋风里
有一个诗一样的回忆

我的爱在春风里
我的诗就是三月的春天
我的心在秋风里
我的歌就是十月的秋天

在雨中……

一棵桃树
盛开着我的相思
不管春夏秋冬
只要有爱的日子
桃花都会绽放得缤纷绚丽

在雨中
缠绵的爱也会流泪
花瓣上的点点泪滴
湿润了我的诗境
在雨中飘落的花瓣
不是无情离去
而是带着深深之情

扑向春泥的怀里

思念是一树桃花
在雨中
思念和桃花都会流泪
泪光中的诗
是至情至美的甜蜜

在溪边……

绵绵长长的思念
流淌在曲曲弯弯的小溪里
溪水上漂流的花瓣
带着春天的梦流向远方
到远方寻找春天的另一个梦

小溪边洗衣的桃花
你是否将你的春天
绽放在你的心间
你灿烂的微笑
都开成一朵朵鲜艳的桃花
你是否将你的思念
托付给水面上漂流的花瓣
那片片花瓣
都飘向一个心中的憧憬

在小溪边
我把爱撒落在溪水里
让弯弯的小溪
流成我长长的思念
我把诗放在花瓣里
让红红的花朵
捎给你浓浓的真情

在梦里……

岁月的梦在春天里
相思的梦在心头里
只要心中有梦
天天都是好日子

在梦中
春光永远温馨
春花永远绚丽
春雨永远多情

在梦里
我的诗也像春光像春花像春雨
而像春光像春花像春雨的
不只是我那扭扭歪歪的诗句
还有那一腔蓬蓬勃勃的朝气

在夜里……

太阳睡觉了
夜也就来了

在夜里
有些东西是不睡觉的
比如月亮
比如星星
比如思念
还比如我的诗

月亮为谁这般温柔
星星为谁这般深邃
思念知不知道为谁而无眠呢
但我知道
我的诗因梦而无眠
你也知道
夜里无眠的
还有一个想你的牵挂

我不希望
我的诗比月亮更动情
也不希望
我的诗比星星更深情
但我希望

我的诗比梦更给你信念和向往

在诗里……

我给春天写过诗
但春天没给我一朵不谢的花
我给梦儿写过诗
但梦儿没给我一份真实的情

我没给自己的脚步写过诗
但它陪我走过风风雨雨
还是给自己写首诗吧
它会给你寻找到一颗太阳
高挂在你的心里
照亮那些阴霾的日子

道州奇景（组诗）

月岩

一座并非俊美的山峰
爱情赋予了他神奇的力量
于是月亮这位冷美人被他迷住了
于是月亮这位冷美人对他动了凡心

遥远阻隔不了山峰对月亮的挚爱
世俗挡不住月亮对山峰的痴情
在星空璀璨的夜晚
月亮的红唇亲吻了山峰
爱的烙印就深深地留在岁月里

月亮的三个红唇
掏空了山峰的心
观赏他们爱的印记
真是一步一个奇景
那鲜活的真爱
也鲜活了难解的哲理
周公苦苦的悟道
也参透不了爱的方程式
圣人参悟的是生命的内涵
而爱是高于生命的

月岩留给人间的是一道景观
而蕴藏在他本体的
却是一道千古之谜

谁也解不开这道谜
就像谁也难懂爱一样
很多事情
只有天知道地知道
或许连天也不知地也不知吧

越是难懂的东西
就越是耐人寻味
难解的奥秘
就让他深深地隐藏吧
让人们去好奇
让人们去牵挂
让人们像挖宝一样
想挖却挖不着
让情这根无形的线
死死地牵绕着心中的爱

红军渡

流淌的岁月
流不走当年鏖战的烽火
站在潇水河的铁索桥上

仿佛看见了硝烟弥漫
听见了枪炮轰鸣
曾被鲜血染红的潇水
见证了一幅红色的悲壮画卷
枪林弹雨的豪壮
抒发了红军英勇无畏的气概
红军用鲜血和生命
谱写着一首感天动地的壮诗
大义大勇的红军
可歌可泣的精神
用鲜血染红了革命的主题
铁索桥上风萧萧啊
那是岁月用雄浑的语调
一遍又一遍地朗诵着这首雄壮的红诗

川流不息的潇水
流淌着红色的英魂
红军渡啊
那一环一环的铁索
牢牢连接着昨天、今天和明天
那一块一块的木板
紧紧铺向革命胜利的辉煌

红军渡——
用鲜血写就诗篇
用生命铸造历史

鲜血染红的生命永远壮美
生命铸造的英魂永远光芒

女儿泉

是大自然的鬼斧神工
创作的艺术?
抑或是女性的至美
定格在时空里?
天地雕刻出女性的至性至美
清晰的思路涌出一泓清泉
汩汩而涌的泉水
流过岁月的长河
流经人们的心灵
千年万年
展示着女性的光辉

天地是恒远的生命
生命是天地的瞬间
女儿泉是生命的延续
能延续生命的
只有真实美和艺术美
大凡艺术美都来自真实
神奇的女儿泉哟
卑微者看到的是俗气
高尚者看到的是圣洁

女儿泉把神秘的圣美
展示在世人面前
超凡脱俗的女儿泉啊
你是真实美也是艺术美

鬼子岭

一座山岭
埋下一个千古之谜
众多的石像
就是这个古谜的谜面

一个个石像
暗示了什么
既然要守住秘密
为何又要留下暗示

石像雕的是士大夫
难道这座堆垒起来的山峰
埋藏着一个非凡的亡灵

为何有的人
死了还要讲究排场
权利、地位、金钱是带不到阴间的
生前的一切
死后都没了
生时命不同

死了都一样
王侯将相尽管显赫
到了阴间也只是一抔黄土

鬼子岭的下面是沼泽
山是堆垒起来的
建筑如此浩大的工程
亡灵的生前非富则贵
难道舜帝的帝冢
就秘密的隐藏在这?

久远的历史将真相尘封
相信总有一天
时光会把这个神秘揭开

周敦颐故居

一位文圣
诞生在这个小山村

青砖碧瓦的村落
凝聚着他厚重的风骨
飞檐斗拱的房舍
放飞他奇傲的心智
一篇与荷有关的文字
像墨海里的一颗明珠

璀璨了神州几千年

文山有没有给他胸怀
可以肯定
那条文脉一定流经他的心泉
源源不断的清水
流过日月星辰
洗涤着他的思想
让他的文字闪闪放光

周公悟出了道
道却悟不出他的文字
圣人就是圣人
连文字都有不死的生命
故居虽老
周公的魂却永远生动

站在故居前边
感觉自己仿佛老去
老成了几千岁的思考
对视周公塑像
感觉自己仿佛很小
小成了私塾的启蒙
周公用文字修筑的时空隧道
让我回到了久远的从前
也让他走向永远的明天

与《水浒》人物有关或无关的诗（组诗）

支付方式

有一种情
教人心甘情愿去死
宋江用“忠义”搓成一条长绳
套牢众好汉的脖子
牵着众好汉跳下“忠义”的深渊
为自己涂抹一个“忠”字
其实，葬送别人的同时
他也葬送了自己

有时候
情和义都很虚伪
远远比不上薄纸的分量
我们不要为别人扛起情和义的大旗而活
我们是自己的
就算要出卖自己
也要买家支付现金或支票
千万别接受买家的情义
赤裸裸的支付方式
总比那些不能兑现的承诺实在

当你要买别人时
也要尽量支付现金或者支票
如果支付别人赊账或无效的诺言
那么　每一笔账
都是你心头上的梦魇
在卖家的天平上
你的重量会越称越轻

砍不死的阴谋

两把板斧
杀得风生水起
一颗颗头颅
纷纷落地
在李逵的板斧面前
敌人的头颅就成了西瓜或蔬菜
但也许他不会明白
他砍下的是看得见的头颅
那些躲在他身后的
或者躲在阴暗角落的奸诈和阴谋
他是砍不死的

砍不死的奸诈
时时算计着别人
阴谋化成一支毒箭

魔鬼把它
瞄准或射向一个个热血之躯
很多真善之花
就这样被摧残

奸诈和阴谋砍不死不要紧
那些毕竟是躲在肮脏角落的鼠辈
见不得阳光的东西
终究是不能长久的
人心的正义大纛
永远在阳光下飘扬
那些魑魅魍魉
只能带着浑身肮脏的阴谋
藏匿在湿暗的洞穴
虽不能死绝
但主宰不了光明

前面都有生路

十八般武艺样样精通
林冲却保护不了家人
也保护不了自己
精湛的武艺
也许能帮助别人
甚至还能保卫国家

怎么就不能为自己消灾挡祸呢
奸贼的阴谋
把忠良步步紧逼
任你一等一的高手
只要被愚忠捆绑
也只能步步退让
以致走投无路

前面处处是路
用你的长枪撩开荆棘
闯出一片生天吧
就算是上刀山下火海
脚下都能踩出路来
路再难走还是路
总好过无路可走

只要自己不捆住自己
前面都有生机
只要心头还有信念
前面都有生路

降服心魔

如钵的拳头
能打死老虎

比老虎更凶的心魔
你打得了吗

武松知道打不了
于是只好出家
因为佛门
降服的不仅仅是猛虎
还能降服芸芸众生的心魔

世道莫欺

惩恶扬善的拳头
打不出一片光亮的天地
出家的鲁达
心里装着佛祖
肚里装着酒肉

心中有佛的人
外表再凶也是善人
心中有魔的人
外表再善也是恶人
伪装能欺骗世人
却欺骗不了世道
历史的慧眼
能洞穿滚滚尘埃

命运不能掐算

梁山用吴用为军师
群雄便得到了很多良策
都说你能掐会算
可你千算万算
算不出梁山的最后结局
也算不出自己故事的尾声

再能掐算
算出来的只是一种机遇
而绝不是一个人的命运

读《三国演义》有感（组诗）

劝君莫负人

是你负了天下人
还是天下人负了你
历史把你曹操重判
把你钉死在时空的十字架上
任人唾骂
任人戳骨
骂你曹贼
骂你奸雄
让你遗臭万年
让你臭名昭著
永不翻身

曹操　你不该负人
更不该负天下人
事到如今
你倒霉也无须怨人
要怨就怨你自己
你不该把事情做得太绝
你不该玩弄权术不该机关算尽
你不该总算计害人和杀人
更何况你害的和杀的

不少是无辜的人
你的心不该太毒

人心是一本账本
它会记住善恶和恩怨
负别人的人
他一定会付出代价
欠别人的账
迟早有一天连本带利要还的

别贱卖了自己

要是刘备不来打搅
你应该还在茅庐里
睡得很香很沉
睡到太阳晒屁股
那日子
是何等的潇洒和惬意

可惜
刘备三次扰乱了你的清梦
他用一种廉价的投资
诸葛先生就把自己贱卖了
卖了自己的智慧
也卖了自己的生命
你卖得很彻底

也卖得很冤啊

先生
你精通的是奇门遁甲排兵布阵
却不懂权术　也不懂心术
你是刘备手中的一颗棋子
他让你和他的对手厮杀
你只能甘心的为别人卖命
舍命的为别人火拼
在无休止的征伐和杀戮中
制造的是无穷的罪孽
耗尽的是有限的生命

不要被人出卖了
还舍命的去给人报恩
出卖别人的人
是不把别人当人看的
诸葛先生
你真不该出山
就算你躲在茅庐里睡觉
人家也知道你是一条龙啊

心中要容人

既生瑜　也可以生亮
周先生　你的心为何这般狭隘

怎么就容不下一个诸葛先生呢

因为他是你的对手
因为你斗不过对手
所以你嫉妒
所以你哀叹

你容不下别人
其实是容不下自己
算计别人的人
最终伤害的是自己

不要把别人当对手
更不能把朋友当对手
对手多了　路就窄了
嫉妒多了　心胸就小了

既生瑜　更应该生亮
周先生　亮才是你的战友
你和亮的联手
才是军中最佳搭档
别把良友不当搭档
失去了良友
别人不会再把你当朋友

珍惜吧

别为了人家的利益
失去了自己的情义

有恩终须报

文臣殚精竭虑
将士出生入死
他们没能把阿斗扶起
于是扶不起的阿斗
就毁了蜀国
也毁了刘备的梦

他们知道
一个脑瘫的政权是站不起的
一个糜烂的主人是扶不起的
但他们更知道
有恩终须报
知遇之恩不能不报
报恩是一套沉重的枷锁
牢牢地套在他们的心头

他们也知道
他们报的是主人的一个幻觉
他们还的是自己的一个缘分
他们不怕白忙活
他们愿意白忙活

为了自己的缘分
白忙活也是真真切切的

报恩的人无怨无悔
报恩的人义无反顾
有恩不报
是国人的一块心病
这块心病梦魇般的
紧紧缠住他们
缠得他们喘息
缠得他们大汗淋漓
直到恩已报缘已还
才能大病初愈

人有时衰在小聪明

杨修哪里知道
那盒酥是不能分吃的
何况那是梦中杀人的人的酥
杨修至死都不会知道
自己是怎么死的
以为自己是被鸡肋噎死的
谁不知道
他是被曹操的小肚鸡肠勒死的
他死得糊涂也死得冤枉

天机不可泄露
人家的心思同样不可泄露
别仗着自己的几分聪明
把人家的心事到处嚷嚷
人有时衰就衰在耍小聪明
是自己的小聪明害死了自己

有的人心里是不能容人的
又怎能容别人的几分聪明呢
若是踩到他们心思的尾巴
阴谋的毒计就时时盯着你
在你的前头布满陷阱
把人逼得寸步难行
更甚的是把人逼得死无葬身之地

把你的小聪明囚禁起来
让它在你智慧的天牢里
终身监禁　永不释放

妖魔鬼怪并不可怕
怕就怕小人的算计
囚禁在你心中的智慧
它会保佑你避凶趋吉
一生平安　无灾无病

动物诗（组诗）

老鼠

浅浅的目光
尖尖的嘴巴
小小的肚肠
在它胆怯的身体里
却包藏着大大的贼心

夜深人静的时候
阴暗潮湿的角落
盘算着贪婪的阴谋
偷吃别人的食粮
填不满的欲望
是鼠辈们永不改变的习性

吃光了民仓
吃光了国仓
猫哪去了呢
能逮鼠的猫哪去了呢
猫捉老鼠
是本职，更是天职
老鼠过街人人喊打
然而，打鼠的人呢

去哪了　干吗了

老虎

张开血腥的大口
舞着锋利的尖爪
撕碎弱小的生命
吞噬可怜的灵魂

王者就这般残忍么
血淋淋的画面
白骨斑斑的惨象
铸就着可畏的虎威么

弱肉强食或许是动物的本性
可有的东西比老虎更残忍
他们吃掉自己的同类
连骨头也不吐
还满口的欺诈和虚伪
吃肉喝血的嘴巴
闻不到一点腥味
有时候，假象掩盖着真实

兔子

胆子很小
性格懦弱

一有风吹草动
便蹦跳着拼命逃窜

吃的是青草
喝的是泉水
小小的需求
并不曾碍着谁
兔子，你怕啥
可我并不知道
你虽不碍着谁
可有人算计你
要伤害和捕食你的野兽
时时刻刻都在盯着你
一不留神
就会成为人家的口中食腹中肉
不管什么时候
都提防着点的好

毒蛇

冷冷的目光
冷冷的身躯
冷冷的血液

一不小心
咬人一口

毒毒的阴险
置人死地

上帝惩罚它伏地匍行
对恩将仇报的蛇
不需怜悯不必同情
找准它的七寸
狠狠打击
无需手软

对蛇仁慈
就是对自己最大的残忍
你温暖的心
捂不暖冰冷的无情
农夫和蛇的故事
生活中时时都会再现

走狗

一点点残羹剩饭
它就摇头摆尾
百般阿媚
一点点得势
它就狗眼看人低
十分可恶

狗对主人也算忠心
只要有人损害主人或它的利益
它就呲牙裂嘴
狂乱吠人咬人
不分青红皂白
只会愚忠做帮凶
张牙舞爪为主人卖力
狗仗人势得意忘形
有主人撑腰狗更是凶恶威风

狗尽管声名扫地
但想做狗的人并不少
因为狗的背后是主人
打狗欺主
主人为了自己的面子
多少得护着自家的狗
谁敢欺主
不敢欺主
对狗也自然畏让三分
更何况
主人多少得给自家的狗
几根骨头　几分奖赏

故乡记忆（组诗）

家乡

大山深处的那个小山村
是生我养我的地方
也是我诗歌的家乡
我和我的诗
都是在那里长大的

那些默默劳作的乡亲
质朴得像山里的土地
他们一耙一犁　一锄一铲
耕耘出来的
是一首长势如庄稼的诗
田地里长出来的文字
是人们最爱咀嚼的食物
诗里的每个文字
都能让人嚼出米香　豆香和营养

我把家乡装在我的诗里
我要把家乡带出大山
让更多的人读到
家乡的山味　水味
还有泥土味

田野

家乡的田野
如同一片桑叶的形状
由一块块小小的各种图案
连接成一片大大的桑叶

桑叶一样的田野
种桑树也种五谷杂粮
黑黑的泥土里种啥得啥
种啥都能收获希望
乡亲们把根种在这里
这里就长出了小村
并且一长就长了几百年
田野用肥沃的爱
养育了家乡的生生不息

家乡的田野是一片桑叶
乡亲们养的蚕爱吃
吃得白胖胖　肥嘟嘟
那长长的蚕丝
一头系着小村的衣食住行
另一头系着乡亲们明天的梦
远远看
田野还像一张张煎饼
一日三餐

供上乡亲们的饭桌

大山

大山的敦厚与沉默
就像我们不爱说话的乡亲
它以壮汉的身姿
默默地坚守着岁月

大山喜欢山花
喜欢百鸟
喜欢叮咚流淌的小溪
但大山更喜欢村民
要是听不到村民的脚步声
大山就会闷得慌
闷得慌的大山就很想很想
听村民唱的山歌
山歌掠过树梢　掠过山谷
掠过大山宽厚的胸膛
听得大山心里乐滋滋的

小河

小河从山中流过来
又从村边流过去

而流不走的
是河中的石头和砂砾
以及村姑在河边浣洗的
棒槌声和欢笑声

小河弯弯曲曲
弯出了一河美丽的风景
河中闲游的鸭子
拨碎水中的朝阳
让霞光染红了粼粼波光
光屁股游水的孩子
羞红了岸边的山花
就像村里的姑娘一样
虽然一身野性
可你盯着她们的清纯秀美
偷偷欣赏的时候
她们也会知道脸红的

家乡的小河
流淌的是童趣　美丽
和那份难以忘怀的记忆

有的人（组诗）

浑水摸鱼

有的人
总喜欢把水搅浑
好让他
在浑水里摸鱼

搅浑的水
总有清的时候
水清了
搅水的人反而浑了

有些鱼是不能乱摸的
弄不好
你摸到的
是自己的死穴

指桑骂槐

有的人
明明在骂槐
却指着桑骂

桑愤愤地说
你凭啥骂我
我招你惹你了
槐懊恼地说
你就是在骂我
别以为我听不出来

桑和槐
都伤到骨子里
指桑骂槐的人
也将百毒攻心

指鹿为马

有的人
装疯卖傻
指着鹿说
这是马啊

他不是弄不清鹿和马
他是想弄清楚
谁会附和他去伤天害理

栽赃陷害

有的人

自己偷了东西
却把赃物栽到别人头上

好端端的清白
就无端蒙冤了
本来丑恶的东西
就蒙住了真相的眼睛

赃虽然栽给了别人
但他的心还是黑的

桃花潭古风（组诗）

桃花潭

因为这里的山水太美
诗仙就来了
他乘着小船
荡着碧波
他一路行来
一路览胜

喜欢作诗的李白
也喜欢赏画
看着看着
这里就被他看成了一幅山水画
看来看去
他就把自己看进了这幅山水画里
直到今天
他就再也出不来了
碧潭上那叶扁舟
是他看画时独乘的
小船上那个长衫秀才
就是他诗仙李白
可怜一个英俊潇洒的人
在这幅山水画里

就只有豆丁那么大了

李白来了一次又一次
来多了
他就和这里的山熟了
和这里的水熟了
和这里酿酒的汪伦熟了
一千多年后的今天
他和我也熟了
因为桃花潭　因为诗
我和李白在这里邂逅

汪伦的酒

也许是这里水好的缘故吧
汪伦酿的酒特别的香
酒香飘过桃花潭
飘过叠嶂翠峦
一直飘进酒仙的鼻子

酒香从酒仙的鼻子
钻进了他的肚里
酒香搅得他肚子里的酒虫
咕噜咕噜地响
他顺着酒香
走过了千里迢迢的路途
来到了皖南

来到了桃花潭
来到了汪伦的家里

在汪伦家里
他们两人把自己泡在酒里
于是泡出了一段深深的友谊
这段友谊　如今还浸泡着
浸泡在皖南的民风里
浸泡在中国的古代文学史里

汪伦的歌

李白　你为啥走得那样急
汪伦和你喝了三天三夜
酒兴还弥漫在他的老屋
汪伦挽留你的殷殷话语
还在酒香里踉踉跄跄
他的依依不舍
也和绵长绵长的酒香
把自己醉得摇摇晃晃
其实真正醉的人　不是汪伦
而是酒仙你自己

李白　你每次来
桃花潭的水都有酒味
香馥三天三夜不曾散去
你闻着酒香来

又带着酒气去
送别你的　不只是酒香
还有汪伦的歌声
汪伦在飘着酒香的风中
踏着舞蹈唱着歌谣
把李白送到桃花缤纷的渡口
送出碧波荡漾的桃花潭

但汪伦他怎么也想不到
李白是送不走的了
他永远留在了桃花潭的那只木船上
汪伦更想不到
送不走是因为
他的歌声停不下来了
他的歌声如千丝万缕
把李白捆在桃花潭的那只木船上
停留下来的　不只是李白本人
还有李白那首情真意切的诗

汪伦的歌一直在唱
唱过了唐宋元明清
唱过中国文学的每个角落
这首歌还会一直唱下去
唱成一个个汉字
最后如珍珠一样
散落在浩渺的书海里

连州，我是你的青山绿水（组诗）

连州，我是你的青山绿水

连州问我——
你为什么长得这般俊俏
你为什么长得这般秀丽
我回答说——
你苍翠的群峰一山接一山
山山都是浓墨泼的
你蓊郁的树林一峰连一峰
峰峰都是大笔绘的
你鲜艳的鲜花一丛又一丛
丛丛都是重彩画的
你流淌的小溪曲曲又弯弯
弯出一溪清澈一路欢歌
你碧绿的河水一江又一江
江江都镶满了碧玉翡翠

你的山峰给了我俊俏
你的苍野给了我雄魂
你的山花给了我青春
你的清溪给了我秀丽
你的绿水给了我神采
连州，我是你的青山绿水

连州的天是蓝的
连州的山是青的
连州的水是绿的
欧阳龙贵的诗是真的
连州，我真的是你的青山绿水

画廊湟川

湟川是一条长长的画廊
不，它是一条山水画廊
也不，它是一条雄奇的山水画廊
还不，它是一条流淌的雄奇山水画廊

一川碧绿的江水
两岸迷人的风光
大自然的鬼斧神工
创作出浑然天成的画卷
峭壁的冷傲
山峰的空蒙
“三峡”的神奇
野花的俏丽
犹如一首质朴又清秀的长诗
让人品不完的韵味
让人读不完的意境
让人嚼不完的留恋

流淌的湟川
流淌着一幅幅精彩的画卷
山水的风光
旖旎的风光
神奇的风光
只要你一翻阅
就会深深地刻在你的心里
你的梦里
你的思念里……

诗境大东山

是谁把我的诗拉得很长很长
是谁把我的诗染得郁郁苍苍
是谁把我的诗流得清凉甘甜
是谁把我的诗读得雄浑深沉

当我的诗飞入了大东山
当我的思念飞进了你梦里
啊——我明白了
是高高的大东山把我的诗拉得很长很长
是绿绿的森林把我的诗染得郁郁苍苍
是清清的山溪把我的诗流得清凉甘甜
是雄奇的山魂把我的诗读得雄浑深沉

大东山，我诗境中的大东山
你蕴藏着我的诗情
蕴藏着我的诗意
蕴藏着我的诗魂……

彩画天湖

绿绿的水
青青的山
红红的花
大自然的神笔把天湖
画成一幅粗犷又精美的彩图

粼粼的绿波是一笔一笔画的
青青的翠峦是一笔一笔涂的
红红的鲜花是一笔一笔描的
处处都会看出笔墨的痕迹
又处处构思得那样自然和谐
原生态的天湖哟豪情的巨画
蓝蓝的天空
白白的云彩
低低地盖着群山
盖着天湖

只要你走进天湖
你就成了画中的一个景物

人在画中
画在心头
分不清你在画里
还是画在你心中

天湖的水是凉的
天湖的情却是热的
她会用大山的淳朴和热情
把八方游客拥入暖暖的胸怀

天湖更像一杯酒
让人陶醉
让人品味
只要你游过天湖
你会陶醉一生
你会回味永久
不游天湖的男人
不算醉过的男人
不游天湖的女人
不算梦过的女人
因为天湖的美是阳刚的
也是柔情的

瑶山翠竹

一杆杆

一排排
一山山

翠绿的竹叶
翠绿的竹竿
翠绿的竹海
翠绿的生命

一节节傲骨
一杆杆傲气
一山山傲然

如海涛一浪涌一浪
似绿波一层推一层
苍苍茫茫的竹林
翻动着绿色的海洋

何惧狂风暴雨
何惧严寒雪霜
竹叶落了
竹枝还在
竹枝断了
竹竿还在
竹竿断了

竹根还在
竹根拔了
魂儿还在

翠竹不争功利
只争日月
不争富贵
只争风采

做人要学翠竹
人品要如竹品
作诗要像翠竹
诗品更似竹品

竹竿挺直了我的脊梁
竹叶染绿了我的诗情
竹节凝结了我的风骨
竹根铸就了我的诗魂
在梦里
竹是一首铿铮有声的诗
在诗里
竹是一个清幽绵长的梦

我能看见鬼

我是一个看得见鬼的人
我看得见鬼
并不是说我有特异功能
之所以看得见鬼
也许是遇鬼多的缘故
或者说被鬼害得多的缘故

以前我是看不见鬼的
也不相信有鬼
走路摔跤多了
做事碰壁多了
心就慢慢明了
眼也慢慢亮了
躲在身后的或者阴暗角落的鬼影
就隐隐约约地让我瞅见了

鬼并非面目狰狞
其实鬼都是些熟悉的面孔
只是你不设防的时候
平常看鬼都是人形
也许是熟悉的人形
也许是似曾相识的人形
也许是陌生的人形

看见鬼不需要火眼金睛
也不需用眼睛
你要用心去看
用心去感觉
那些人影或多或少
都会露出些鬼影来
虽不能把鬼看得原形毕露
但至少可以看出它们的狐狸尾巴

不知是鬼魂总附在人体上呢
还是人身上总寄生着鬼魅
有时看鬼似有似无
有时又阴森恐怖
看鬼的功夫深浅
就要看你的道行修炼程度

人形上多少都有点鬼影
只是你能不能看清
或者能看出多少
能看到鬼影的
或者看出鬼影多的人
大多数是些弱势群体
或者是时乖命蹇
和那些病魔缠人的羸弱之躯
鸿运当头的人
还有那些强势的大型兽类

他们是看不见鬼影的
当然　连那些受大型兽类庇护
或者和大型兽类沾亲带故的人
自然也看不见鬼影了
就算他们看见鬼作祟
他们也不会作声
何况鬼作祟得来的利益
他们也有享用
甚至给他们过荣华富贵的日子

有的人体上鬼影多一点
有的人体上鬼影少一点
人体上鬼影的多少
取决于人心的黑点
人的心黑点多
鬼影自然就现形多
人的心黑点少
鬼影自然就现形少

鬼一作祟
鬼影就会现形
鬼挖坑设陷阱
或者背后放毒箭
鬼影就会张牙舞爪面目狰狞
看着被害者中计或中箭
受伤倒下　痛苦呻吟

或者中箭身亡
那颗又黑又毒的心
就会疯狂大笑
笑出得意的阴森恐怖

但人形上露出的鬼影
并非都是作祟的鬼影
有的鬼影是因为人心弱智而现形的
有的鬼影是因为人心无知而现形的
更有的鬼影是因为人心弱小
受屈于别的黑心的毒魔
为求自保　不得已才现形的

有些人形本不想露出鬼影
可他们受制于毒魔
有些人形软弱
畏惧于毒魔的淫威
不得已归附于恶鬼
无意中成了助纣为虐的小鬼

鬼虽然害人
鬼虽然可怕
只要你不踩到他的尾巴
不戳穿他的阴谋诡计
在他们为非作歹的时候
在他们贪赃枉法的时候

甚至他们谋财害命的时候
你装聋作哑也好
装疯卖傻也罢
你自然就不会惹鬼上身

也不是说你不冒犯鬼
你就能明哲保身
有时候鬼遇到了克星
鬼就会栽赃陷害　嫁祸于人
于是有的人就成了替死鬼
有的鬼就成了屈死的魂

世上人鬼并存
虽事事谨慎处处小心
也难免有碰撞鬼的时候
碰撞了鬼莫须慌张
鬼毕竟是阴暗中的龌龊东西
阳光何须怕阴森
看那些忠肝义胆和热血心肠
自是不畏惧鬼的肮脏伎俩
他们手持钟馗的灵符和利剑
与鬼较劲　与鬼厮杀
拼命争夺一方真善的阳光

人人都能看见鬼影
鬼影无处不在无时不在
大多数鬼影只是潜伏在人形上
呈阴性　未到病发时候
不到发作时候
就算人心变黑
他也不会疯狂害人的

其实我的身上也潜伏着鬼影
只是我用慈悲的佛心
镇住了病魔
让人间少了一个病情发作的人
多了一个口诛笔伐的战士

我的诗愿意挥汗如雨

整天待在空调室
冷气凉爽了皮肤
有空调的空间
甚至还会凉透我们的骨子

空调就算把整个夏天凉透
都不要紧
把秋天吹凉
也没啥问题
可你千万别冷却我的心
和我的那份烫烫的诗情
我不能忘记
我曾和锄禾日当午的诗句在一起
和建筑工地的安全帽在一起
他们的汗水
滋润着我的诗和庄稼一样生长
也喂养着我和我的兄弟姐妹长大
汗水的味道
是我最亲切最眷恋的味道
它是我村庄的味道
也是父老乡亲的味道

无论我尝过多少味道
汗水的味道是我永远不能忘怀的

我的诗不愿待在冷气空间里
空调室待久了
我的诗就病恹恹的
振作不起生猛的精神
我滚烫滚烫的诗
愿意驮着我的思念和向往
去寻找田野上、工地上的汗水
因为我全身浓浓汗味的诗歌
又怎么少得了汗水的浸泡呢
等我的诗
每个字都如豆粒般的汗水
滴下泥土里
长出盘中的五谷杂粮
那些挥洒汗水的人　才会喜欢咀嚼
我那浓浓汗味的诗
也愿意和他们
一起挥汗如雨

中国大阅兵

公元 2015 年 9 月 3 日
这一天　全世界瞩目着
一个响亮　庄严
和神圣的名字
这个名字叫中国

这个名字英姿飒爽
这个名字矫健有力
这个名字威武雄壮
只要你揣着这个名字
不管你走到哪里
你都会感到自豪

为什么这个名字让人自豪
因为这个诗情画意的名字里
有一个太阳一样红红的梦
因为这个红彤彤的梦
温馨着每个人的胸膛

太阳一样金光灿烂的梦
从大海上升起
从高山上升起
从方队的神气

和豪情里升起
它照亮了神州大地
也照亮了我们的心空
这个金色的梦
把我们方方正正的名字
照得神采奕奕　光彩夺人

我爱这个名字
我爱这个名字的梦
正是我们深深地爱着
这个有梦的名字
天安门广场上的方队
才走出如此豪迈的风采

记住我们红彤彤的名字
记住我们红彤彤的梦
我们更要记住　一位
领着我们　带着名字
向着红彤彤的太阳
去寻梦的亲人

红红的春节红红的年

红红的春节红红的年
红红的灯笼装满红红的心愿
高高地挂在人们的心头
红红的春联写着红红的希望
暖暖地贴在人们的脸膛
红红的鞭炮放响红红的祝福
声声传遍家乡的大街小巷

红红的中国红红的梦
红红的日子红红的生活
红红的春节哪里来
是那红红的春天迎过来
红红的日子从哪来
是从人们喜气洋洋的笑里来
我红红的诗句从哪来
是从红红的春节里乐出来

闪亮的微光

——致《微光诗刊》

我是一道微光
微微的　微微的
一道亮光
亮光中
闪烁着我的、你的、他的
真情和深爱
还有我们深深浅浅的记忆
我们不奢望太阳的光芒
和霞光的万道金光
也不羡慕月亮的明媚
和万家灯火的辉煌
我们只是一道微光
一道
我们愿做一道微光
我们也只能是那些微弱的亮光
我们没有懊悔
我们是田野上的萤火虫
我们点亮了原野的夜色
我们飞往繁华的都市
都市的喧嚣和华丽
没能淹没我们的光亮
我们的微光

在都市的浩瀚里
穿行　闪亮　闪亮又穿行
在缤纷多彩的日子里
和五光十色的旅程中
有我们芸芸大众点亮的一道微光
微光很小　很小
也很弱　很弱
但我们非常珍惜
非常珍爱

微光是我们用心血和希望
用磨难和坚韧点亮的一盏灯
它燃烧着我们的肉体和灵魂
微光虽小
但在漆黑的夜里
和寒冷的荒漠中
却是一道耀眼的光
一道纯真的坚守
也是一道划过夜空的寄托

我们想用自己的微光
点燃一堆篝火
为戴面具的日子取暖

成长岁月

——连州武术学校特色教育小记

树苗总有被风吹折的时候
鲜花总有被雨打落的时候
岁月的天空
总有遇到阴翳的时候

雄鹰折伤了翅膀
但阻挡不了翱翔的心
阳光会照亮它向往的蓝天
驮负迷惘的青春
成长的脚步难免会踉跄
摔跤的日子
站起来仍然踩出信心的脚印
春风会用温馨抚平朦胧的忧伤
路不可能平平坦坦
人总会有磕磕碰碰
只要有爱陪伴着
你的前方就有希望

寻找爱的沃土吧
寻找爱的阳光吧
连州武术学校高举一盏明灯
照亮你忧暗的心空

指引你前行的步伐
她一手牵着以文睿智
一手牵着以武育体
用一双坚实的臂膀
把你拥入宽大的胸怀
从不嫌弃你的斑斑点点
她用比母亲更深厚的爱
把你培养成文武之才

那是一片明朗、宁静的净土啊
那里充满金色的阳光
那里充满阳光般的爱
将你灰暗的心头
洗涤得晶莹剔透
闪烁着金色的光华
一个个生龙活虎的儿女
一块块金光闪闪的奖牌
见证了你茁壮成长
也见证了学校爱心
看到了你的健康成长
父亲舒张眉头笑了
母亲流下了幸福的泪水

谁的日子没有出现过阴暗
人生岂能轻易言败
宝玉有了瑕疵仍是宝玉

连州武术学校能雕琢出精美
请记住吧——
你的今天有爱随行
你的明天与希望同在

石　魂

你和泥土一样朴实
所以你和泥土在一起
你和溪水一样纯洁
所以你和溪水在一起

你铺成一条条大道
大道是你坦荡的诗行
你筑成一面面堤坝
堤坝是你磅礴的篇章
你修建长城
长城的巨龙会永远飞腾

你是山峰的脊梁
你是大厦的根基
你以一个沉默不变的信念
铸就着你不朽的魂灵

谁说你平淡无奇
你以惊人的气概
雕塑出千姿百态的美
那奇形怪状的石头
是鬼斧神工的艺术品
谁说你冷漠无情
你以满腔的热情

蕴含着深邃幽美的意境
那一颗颗石头
是一首首意味深长的哲理诗

石头啊
把你钢铁般的大魂
融入我的笔墨中吧
让我的诗句
也变得和你一样铿锵

石头啊
如果我是你
我就要开口说话
诉说自己铮铮的品质
如果我是诗
我就要放声歌唱
歌唱自己千万年的风骨

我希望像你一样
我的诗也希望像你一样
石头啊
土地为你作证
岁月因你永恒

挥戈战病魔

一支毒箭从背后射来
我像猛兽一般重重倒下
病魔是什么时候盯上我的
冷不丁地放倒了一位勇士

躺在病床上软得有气无力
痛苦的呻吟声哼出受伤的严重
壮实的身躯饱受着无情的折磨
病魔的恶毒猖狂地肆虐着我的身心

病魔鬼鬼祟祟地盯梢我的健壮
我也曾隐隐约约地有所察觉
总感到有颗妒忌的黑心
从背后窥伺着我
都怪我疏于防范
以致挨了阴谋的黑枪

阴险的心都是带病毒的
病毒发作就成了魔
魔自己有病
便容不得别人没病
于是千方百计地算计别人
在别人身后放冷箭或打黑枪
把病症传给健康的血肉

要别人痛苦、折磨
甚至死亡

勇士不会倒在正面敌人的枪下
却常常会倒在背后阴险的剑下
倒下的往往是好人
得意的多数是卑鄙

我倒下的是我的身子
我的信念却永远不会倒下
相信我胸中冲霄的豪气
定会让我昂扬地站起来

涅槃的凤凰冲出浴火后
更会光彩鲜亮神采照人
经过烈火煅烧的意志
也一定会更加坚韧
磨难捶打的我
何日练就百折不挠

等我走出病魔的囚禁
我一定披坚执锐
英武凛凛地与群魔对阵
然后一声大喝
冲入魔群
挥戈杀魔
战他个天昏地也暗

感悟行走

行走的人　背后
总有一条绳索尾随
想把别人绊倒
路程越远
绳索伸得越长
对着行走的人
吐着害人的阴招

那条绳索　如毒蛇
用阴险的中伤给人下绊子
可它并不知道
揣梦的人
是不怕绊倒的
就算摔倒了
他也会爬起来
踩着泥泞和坑坑洼洼
向前走去
摔跤的伤痛
只不过是一杯烈酒
或者一盏浓茶
前行的人　像壮士
举杯当歌

行走的人
盼着看到天边的彩虹
他们相信
天上总会出太阳
即便不是白天
夜空中也会有月光或星光

停歇的时候
行走的人蓦然回首——
身后那条绳索　已经
被他踩成一条蜿蜒的路

秤

我本无私
能公平地称准重量
无奈人心有了贪欲和邪念
别人在我的公道里做了手脚
于是　有些事情称出来
就会短斤缺两

本来是标准的化身
本来是公正的代言
我能称准诚实
却称不准世间的是是非非
和人性的贪婪欺诈

20年的芬芳

一朵芬芳的花朵
在广东老区的热土上
深情地盛开了20个春秋
20年的默默耕耘
20年的汗水挥洒
20年的精心构想
用自己的青春年华
迎来了一个喜庆的日子
把绚丽多彩奉上
把真情和无私奉上
把热心和爱
连同暖暖的阳光一起
照亮着广东老区的大地
青山绿水为你贺喜
山欢笑水欢笑
欢笑的山山水水
是你真真切切的心愿
你把自己的芬芳
盛开在山水之间
和山花在一起和春风在一起
和田野在一起和我们在一起
你越来越幸福
因为日子越来越亮堂

前行的脚步没有疲倦
明天更是艳阳的晴天
希望会永远向前
因为在你的心中
有一股涓涓流淌的源流
你是一朵芬芳的花朵
你在太阳下微笑
在春风里微笑
在我们的希望中微笑

端午吟

他为谁而生
又为谁而死

问苍天　苍天茫茫
问江水　江水滔滔
要问　就问他一颗红红的心
问他一篇篇沉沉的诗章

他生的时候
心是一颗红心
他死的时候
魂是一缕雄魂

他用自己的身躯
撞醒了神州大地
他用短暂的生命
书写了永恒的壮美

汨罗江上的壮举
溅起了一条长长的思念
长长的思念
搓成一条长长的岁月
长长的岁月里

牢牢地系着一个名字
这个名字又和端午这个节日
把中国的五月
划得风生水起

谁都知道
他为谁而生
也知道他为谁而死
他用自己的生和死
涅槃了一个巍峨的中华魂

瘾君子

把毒品注入自己的肉体
幻想自己在种植庄稼
知不知道
你播种的不是种子
怎会有秋天的收获
你耕耘的也不是土地
土地里不会生长
那种致命的秧苗

没等到秋天的果实
你的体内
就如被污染的泥土
生命的庄稼
全都被毒死

要种就种希望的种子
别用自己的泪水
去浇灌
一株开花的癌症

活好这辈子

钱再多
也只能活一辈子
何必要贪那么多钱
房子再多
也只能睡一张床
何必要占那么多房

贪欲是魔鬼
它会令人变成老鼠
去偷噬国库民仓
欲壑难填　贪念天大
其实　再大的贪心
也大不过牢房
一旦动了邪念
终究难逃法网

放手吧
别把馋眼的金钱
死抓不放
以致把自己拽入索命的泥潭

多一点勤政为民
多一点克己奉公

让清风伴你
让阳光伴你

把金钱看轻一点
把名利看淡一点
生命就会重一点
风骨就会硬一点
胸膛就会亮一点
问心无愧天地宽
清白做人
活好这辈子

古道悠悠

秦时战马的铁蹄
踏出一条古道
也踏出一部南粤史书

每一块石板
都是一方汉字
一块块石板
就是一页页史书
这条连州古道
就是南粤史书的开篇或首章

徜徉古道
彷佛听见战马萧萧嘶鸣
彷佛听见商客步履匆匆
彷佛听见刘禹锡行经时的喘息
走进广荫亭
彷佛走进生动的岁月
穿过怀清亭
彷佛千年的风景并不遥远

与古道对话
秦汉鲜活起来
赵佗鲜活起来

历史鲜活起来
与古道对话
我瘦瘪的诗句鲜活起来
鲜活起来的诗句
匍匐在石板上
古道也鲜活起来

伫立雄关漫道
听风声嗖嗖
看苍野茫茫
念古道悠悠
石板很沉重
古道很厚重
但是更重的——
还是连州的嘱托和希望

巍巍天子岭

——访天子岭广播电视发射基地

巍巍的天子岭
高高地耸立云天
在蓝蓝的天空下
昂扬着阳刚的风采

用一颗爱心、一分执着
默默地坚守着自己的岁月
和阳光一起
和春花秋月一起
和风霜雪雨一起
让青松陪伴自己平凡的日子
让松涛宣读自己壮美的风格

天子岭　你并不孤独
天子岭基地的“卫士”陪伴着你
他们日复一日　年复一年
无怨无悔地守卫着自己的忠诚
正因为他们的坚守
丰富的文娱节目走进了千家万户
真善美的事迹得以尽情褒扬
假丑恶的东西受到无情鞭挞

把美妙的精神食粮喂养时代
养育社会健康成长
让生活绽开美丽的花朵
和生长环保绿色的叶子

天子岭可以见证
岁月可以见证
他们默默地坚守着
心甘情愿地坚守着
坚守着心中那份忠贞不渝的爱
和那份滚烫滚烫的忠魂

让我们斟满祝福　高举酒杯

为巍巍的天子岭
为天子岭上的“无名英雄”
干杯吧

充满乡土味的诗

没有修饰没有雕琢
带着乡土的气息
和自然的淳朴
从乡间走来

有的是清新引人
有的是美味可口
以天然的纯真
走出连州

我的诗是充满乡土味的诗
翠绿的诗意
健康的主题
清甜的诗味
读我的诗
读出的是连州菜心的味道

连州菜心是我的乡土诗哪
它染绿了我的诗句
染浓了我的诗情
甜美了我的诗味
读我的诗
读出的是土味

但更多的是鲜味

我的诗是小家碧玉
它出生在小桥流水的乡间
我不奢望它大红大紫
但我相信——
它和连州菜心一样
凭着自己的新颖
走向鲜花和赞美
走红今天和明天

……

省略的话
不说也明
知道为什么不说
知道下面的话也难说
难说的话不是难懂
世上什么事都能弄懂
只不过弄懂了不能说
说给心
心只能挤几滴同情血

很久以前那个月夜
两对眼光温柔如水
但解不了心中的干渴
跋涉沙漠的人
不会停留在爱的嘴唇边
寻找绿洲
寻找水
才有生命的滋润

省略的话
不说也明
不说也明的话
就该省略了

太阳的诗

太阳用一颗熊熊燃烧的心
谱写着一首光芒万丈的诗
这是一首千古绝唱
也是一首永恒的诗

太阳啊
你是最伟大的诗人
你的诗
地球读了
就会变得光明磊落
万物读了
就会变得生机勃勃
生活读了
就会变得温暖美好
我的心读了
就对明天充满希望

你的诗
黑暗读了
跑得不敢露面

邪恶读了
躲得不敢抬头
你写的诗
是善良、正义、真理的至爱
也是魔鬼、奸诈、丑恶的克星

水和鱼

鱼在水里
鱼活得自由快乐
鱼对水说——
谢谢你
因为有你的爱抚
我的生命才鲜活

水中有鱼
水变得温柔幸福
水对鱼说——
谢谢你
因为有你的存在
我的情感才生动
鱼和水
因为有了爱恋
他们的世界才会丰富
人和人
也应该互相关爱
这样我们的生活才会美好

不能欺骗自己

别人欺骗不了你，
生活欺骗不了你，
能欺骗你的，
只有你自己！

爱情也许会受挫折，
人生也许会有忧悒。
当心被损害的时候，
你可否想到明天的美丽？

明天的星辰依旧迷人，
明天的太阳依旧温馨。
明天还会有爱和温暖，
朋友，你不能欺骗自己！

愿你的目光再放远些，
把你的脚步踏得更实。
追求和事业都能开花结果，
相信吧，
在金秋的园林里，
收获你甘甜飘香的希冀！

春天抒情

梨花开的时候
便有一份洁白的思念
绽放在我的青春里
那一年
梨花树下的故事
是最美最美的

可如今
梨花开的时候
我把忧伤寄给你
谁能知道梨树下的春天
竟是一首写不完的情诗

桃花开的时候
便有一个粉红的初恋
珍藏在我的回忆里
那一年
桃花树下的心
是最甜最甜的

可如今
桃花开的时候
我把等待寄给你
你会明白
桃花树下的回忆
总有一个谜一般的憧憬

多想天下雨

多想天下雨
花伞下的风景
是你和我美丽的青春

多想天下雨
花伞下的缠绵
和着淅沥沥的春雨倾诉

多想天下雨
花伞下的人儿
会放轻脚步
伴我慢慢走过一段爱情

远去的伊人

伊人　远去了
在深秋的一个傍晚
对着飘飘风
对着潇潇雨

没说为什么
只说此去很远很远
等思念耐不住寂寞
就跟着夏夜的星星
踏着雪地上的足迹
到千山万水间寻找
寻找伊人放在
枝头花蕊处的相思

红苹果

红苹果
像那张圆脸
笑盈盈
想吻
又怕拂皱两眼柔波
让人想到彩霞
把我湛蓝湛蓝的心空
烧个通红

梦中
我对彩霞笑
苹果为我红

酒的豪情

斟满热情
举起酒杯
杯与杯相碰
碰出一股豪情

酒飘香
话飘香
喝下的是豪情
道出的亦是豪情

酒并不醉人
醉人的是——
辣辣的豪情

思　乡

家乡的路好长好长
无论我走到天涯海角
总走不出家乡的思念
漂泊异乡的青春
渴盼风一程雨一程
盛开在鲜艳的山花里

母亲的爱好宽好宽
不论我走得多远多远
也走不出母亲的牵挂
浪迹远方的心
终会山一程水一程
回到故乡的慈爱里

太阳的童话

对着东升的太阳
我常常在想：
能否将我的希望
寄给太阳
随太阳一起
放射出金光灿烂的光芒

对着西落的太阳
我时时思量：
可否把我的诗章
托付给太阳
随太阳一同
带到那遥远的地方

中 秋

中秋
是一坛陈年老酒
乡愁
在酒杯中飘香

中秋
是一轮皎皎圆月
乡愁
在明月下徘徊

中秋
是一条清澈小溪
乡愁　在清溪里流淌

外婆的番薯丝

外婆的番薯丝
煮出一大锅故事
我的童年
读着故事长大

番薯丝很甜
养得我壮实
番薯丝很香
养得我淳朴
甜甜香香的番薯丝
养大了一个个儿郎

外婆，您的番薯丝有情
外婆，您的番薯丝有爱
有情有爱的番薯丝
是一首我永远写不完的赞诗……

桃花溪·杏花林

桃花依旧绚丽
桃花溪边的吻依旧温馨

那溪水长流
为何不像我们的恋情

远方
你独立暮春
落水桃花
会不会漂去缤纷的记忆

杏林依旧轻风
杏花林中的梦依旧迷人
那双双飞舞的彩蝶
为何不是我和你

远方
你独立初夏
青青杏果
会不会为我们成熟

我留恋桃花溪呀
你想念杏花林么

为 何

为何
为何不早相逢
哪怕相逢在梦中
让我的思念
为你
化作星子璀璨的夜空

为何
为何不早相逢
相逢在姹紫嫣红的春天
让你的笑靥
为我
绽开一脸温柔的红云

为何
为何不早相逢
偏偏相逢在初秋的果园
那棵人生之树
早已结了青果
我怎能为你
再开一次
花般的爱情……

问何日重逢

别那天
山一程水一程相送
难分难舍
没有别的话好说了
此际不说比说更留恋

都问何日相逢
重逢春花秋叶的梦
等待了多少风雨天
等待了多少花开花落的日子
什么都远淡了
远淡了曾经醉过月亮的酒
唯独没忘重逢

问那阵晨风
问那抹斜阳
问何日重逢

祝　福

凝注一双眼睛
有情脉脉流入
好像心底涌出一股清泉
却止不住渴望
就像黑眸止不住暗示
春天是多梦的季节
都说青春珍贵
拥有青春就拥有阳光
拥有阳光才有风采和潇洒

功名富贵会使人空虚
不及一分爱实在
让我对着你的美目
默默地道一声祝福

我……

我把多情的诗句
送给她
她没有
被多情的诗句打动

我把炽热的爱情
送给她
她没有
被炽热的爱情感动

我把多情的诗句
送给秋天
秋天给了我一树又一树的果实

我把炽热的爱情
送给生活
生活给了我一个又一个的希望

无　题

如果想我
请你站在春风里
如果爱我
请你站在春雨里

我会把我的深情
托付给春风
我会把我的思念
诉说给春雨

只要是春天
我都会想起你
我也会把我的心愿
盛开在春花里
让鲜花的笑靥
伴随着你甜蜜的梦

想起初恋

翩翩蝶舞时
就有一对潇洒情侣
在林间花丛中抒情

有风声阵阵响过
教风景逍遥、花瓣吹落
令人想起丽人的泪珠
才子便叹花呀泪呀
呀出一阕憔悴的宋词

只是在多年以后
才有一杯满满的酒
举起一首初恋
与歌同唱……

向春天问好

用鲜艳的笑靥
春花
为我恭迎你

用温柔的语言
春风
为我问候你

为了美丽的情怀
春雨
缠缠绵绵的倾诉心事

把一个个诱人的希望
萌芽在新嫩的枝头
然后在我的诗篇里
结出一个瓜果飘香的秋季
你明媚的向往
洒满我的日子

阳光把春天酿成思念
让犁铧耕耘出千般多情
在田野的风景中
播种着绿油油的青春

春天
用灿烂的语言
捎来了我的问候
春风
用摇动的梢枝
带走了我的寂寞
春天把人间
打扮得朝气蓬勃
我要用十分激动的诗情
写成一句豪放的表白
向童话般的春天——问好

写给打工者的诗

我会把我粗拙的诗
架起一堆篝火
燃烧我熊熊的热情
去温暖冬夜的孤寂
去温暖心灵的冷漠

故乡是牵挂的家
异乡是家的牵挂
唯有诗才是我永恒的青春
在流浪的日子里
我把每一天的生命烤红
用自己一颗火红的心
去寻觅朝霞般的希望
当脚步历尽艰辛和痛苦
留给明天的全是美丽的诗篇

我没有时间去咀嚼过去
我只会辛勤地酝酿未来
那飘香的主题
一杯一杯地豪饮
哪怕把我的诗句
醉得踉踉跄跄

燃烧吧
让我的诗魂
在火焰中跳动
让我热情的诗篇
亲切地问候你

夜里，有一种思念

有月亮的夜晚
便有一种思念
缠绕着我

有星星的夜晚
便有一种回忆
甜蜜着我

夜里，
有一首诗
长长的让人品味着
长长的让人思念着
——品味着爱
——思念着你

一份情

花儿总有一分情
叶儿总有一分意
这情那意送人间一片温馨

闻一阵花香
听几声鸟语
阳光便是渴望的爱

山山水水一片明媚
如同丽人一般清丽
小诗是一棵相思树

把这情片片染绿
把那意朵朵开红

有一句话不曾说

有一句话不曾说
埋在心底
已经发芽了

这句话
我曾放在枝头上
放在花瓣里
让它化作彩色的梦
我曾放在小溪里
让流水带到远方
我曾放在眼睛里
用眼神写出的朦胧诗
希望那颗心能读懂

有一句话不曾说
捏在手心里
掌儿磨成厚厚的茧
可那句话依然很嫩
嫩得像芽尖尖
那句话依然很美
美得让人无法说出口

党旗飘扬 90 年

镰刀和铁锤
高举一面鲜红的大旗
飘扬在血雨腥风的日子里
革命的烽火
燎原了整个中国大地
千百万的农工
千百次的斗争
镰刀铁锤的大旗
指引着中国革命的方向
百年苦难的岁月
迎来了胜利曙光
建立了崭新中国

镰刀和铁锤
高举一面鲜红的大旗
飘扬在改革开放的春风里
热火朝天的经济建设
红遍了大江南北
勤劳勇敢的各族人民
繁荣富强的泱泱大国
镰刀铁锤的大旗
指明了中国前进的道路
30 多年的辉煌硕果

腾飞了东方巨龙
构建了幸福中国

1921年7月至2011年7月的90年
鲜红的党旗高高飘扬
飘扬着中国的光明和辉煌
飘扬着中国的幸福和美好
还将飘扬着中国明天的红太阳

爱的召唤

你来吧
来吻双唇烫烫的弯月
月儿下的千般相思
为你绽开一春的恋情

你来吧
来宽慰一颗心形的太阳
太阳下的黄土地
是给你播种和耕耘的

你来吧
前缘注定今生我是你的
我的美丽为你而死
我的生命因你而辉煌

你来吧
请走进我的青春里
请走进我的血液里
请走进我无边的召唤里

我为你造好了魔式的宫殿
我为你设下了梦样的陷阱

你来吧
来吮吸我花窦的蜜汁
来享受我芬芳的花期

中国过大年

中国有个传统大节
叫做年
过大年
是中国最隆重的节日

过年的风俗流传久远
无需考究它的由来
过年的注脚很多
辨伪求真已无意义
要理解中国的大年
其实很简单
只要我们明白
过年与什么有关
中国就有了浓浓的年味

过年与尧天舜日有关
与炎黄子孙有关
与我们深埋在
黄土里的中国血脉之根有关
过年与红灯笼有关
与红春联有关
与红鞭炮有关
更重要的是

过年与回家有关
与团聚有关
与亲情有关

年关将近 不管家有多远
似箭的归心从四面八方
匆匆赶往魂牵梦萦的家
寒风和霜雪
挡不住回家的思念

回家过年的壮观
涌动着我们热气腾腾的情感
公路上奔驰着长长的牵挂
火车呼啸着我们飞驰的期盼
过年回家的壮举
是一首震撼人心的乐章
回家过年的场面
是一幅情景交融的画卷

只要我们踏进家门
家的温暖驱散了我们一身的寒气
老父沧桑的皱纹
笑得像山花一样开放和灿烂
母亲的斑斑银发

像一根根河边的柳条
把温暖的春风牵回家乡
让春风温暖着全家团圆的欢欢喜喜

过年 过的是一种氛围
一种情分
要是没有了中国这种亲情
过年就失去了真义和深意
那个五千多年的传统
就不会枝繁叶茂地生长在
中国南国和北疆的城乡里
过大年的中国
充满着无与伦比的年味
那种浓浓的年味
醉绿千山万水
也醉红了故乡的山花
站在春风里闻闻
到处都是醉人的香气

有些时候

有些时候 忘记了把爱
播种在春天里开放
以致你的天空
就有了忧郁和下雨的日子

忘了就忘了吧
你可以把爱种在秋天里
让耕耘把爱结出果实
只要汗水挥洒的地方
到处都有飘香的季节

有些时候 天空会有乌云
谁没有见过阴霾 就算是雨水
有时也会漫天飘洒 也会打暗
前方那盏微弱的航灯
有些时候真的让人心烦
但那些心烦的日子不会长久
雨水总要停住的
太阳总会出来的
只要你攥紧希望 随手一挥
都会雨过天晴

到那个时候 你会知道
阳光照着春天
春天就会鲜花盛开
阳光照着秋天
秋天就会硕果累累
有些时候下场雨
或者有点风霜冰雪
未必就是坏事 把坏事发酵
也会飘散出芳香的片段
有些时候经历些不如意
你才能品尝到别致的韵味
把那些不如意的苦涩酝酿
也会酿成一部香醇的回忆
在你生命里久久回放
陶醉你曾阴郁的心怀
不管日子阴晴圆缺
只要心头高挂太阳
岁月就是艳阳天

那些让人忧心的时候
仅仅是生活中的调味品
它不是你生活中的主流
就当加入一段插曲
让你的回忆更加精彩

只要把爱播种在心里
你就会有美好的收获

错过了播种的季节
但不能错过耕耘的深情
只要辛勤地耕耘真爱
你就会收获爱的丰盛

贪　官

千不该万不该
你把一节腐败的劣根
随意扔在心头的角落
以致腐烂的根须
死灰复燃　一味疯长
毫不客气地占据了
你的每个器官

你肮脏的欲念
如大粪一样肥沃
让贪念之树
结满了铜钱
一枚枚铜钱
压着一个个夜晚
因此你的每个夜晚
都会做一个噩梦
惊魂未定的你
夜半醒来
都会闻到呛鼻的铜臭

天亮了
你才觉得一缕云烟
飘过了你的眼前

眨眨眼
满树的铜钱变成一副手铐
慢慢向你飞来
你伸手迎着
感觉在接受别人的贿赂
难道你不觉得
你接到的是一杯毒酒吗
是不是饮鸩止渴的人
到死心里都是美滋滋的

孔繁森的名字

你的名字叫人民
你的名字叫党员
因为你
人民和党更贴近
党和人民更情深

你的名字叫奉献
你的名字叫清廉
就是你
在阿里奉献了殷殷爱心
用清廉书写巍巍人生

你的名字叫平凡
你的名字叫辉煌
正是你
用平凡把自己塑成辉煌
把短暂的生命延伸，延伸……

孔繁森啊——
你那响亮的名字
在人民心中震撼
在神州天宇中轰鸣

那块根治不了的心病

工诗吟词是件痛苦的事
有了这块心病
就别想根治了
于是　没事可做的时候
就做我无望的希望
那条该死的小路
瘦得和我的身子一样单薄
那个寒冷的季节
我把太阳放在心里
抵御风声之寒
我把月亮提在手里
伴我走在岁月里
星星还是星星
只要一抬头
就会给我深邃的启迪

小诗三首

太阳

因为有黑暗
人们才盼你
因为有寒冷
人们才想你

你给人类温暖
你给世界光明
你是人间永恒的爱
你是人们心中的希望

月亮

有圆也有缺
就像我的心情

圆时
是一轮满满的乡情
缺时
是一弯淡淡的愁绪

星星

蓝蓝的
如你脉脉的柔情
悠悠的
如我长长的思念

你深情脉脉
我思念长长
那遥远的
犹如我们真情的心空

写给梅

梅
你洁白的思念
开得太早
在白雪皑皑的冬天
我把春天
藏在你的枝头

梅
我多情的诗句
写得太迟
在寒风凛凛的日子
我把真情
开在你的花间

诗　集

一本诗集
装满一个春天

红花含情
绿叶有梦
青春有写不完的故事
拾起又放下
是一封难却的思念
读了还想读
是一首带花香的诗
如果有风
不可能不撩动你的心情
如撩起我长长的秀发
飘扬……飘扬……

一个春天
装满我一本诗集

无题小诗花

1

用嘴巴说话的人
是没脑子的
用文字说话的人
是有内涵的
用追求说话的人
是上进的

2

有人有权
却没有灵魂
有人有钱
却没有人格
有人无权也无钱
却拥有一颗丹心和一片真情

3

给你说假话
你满心欢喜
然而

那是一剂毒药

给你说真话
你满心不适
但是
它是一剂良药

4

你可以把水
搅浑一时
却不能把太阳
永远遮住

因为历史
是清白的
公理
是抹不黑的

5

你能看到大树
轰然倒下的时候
你却看不到小草
被火烧尽的时候

6

聪明的人
看到的是别人的优点
无知的人
看到的是别人的缺点

7

懦夫的眼里
只会流泪
强者的心里
只能流血

8

权再大
也不可能一手遮天
钱再多
也不可能什么都能买到

9

和天使在一起
人就会变得善美

和魔鬼在一起
人就会变得邪恶

10

野草总有碧绿的那一天
山花总有鲜红的那一天
我的心呢
等待着你到来的那一天

11

你照亮了
别人的眼睛
可谁能照亮
我夜行的脚步呢

冬天的日子（微型组诗）

冬天的日子

冬天给日子的心降温
有的人
却把自己的血冷却

火锅

把冬天煮得滚烫滚烫
吃起来
心情才暖暖和和

腊味

把日子腌制风干
才能吃出
生活的另一种味道

烤火

燃烧一炉热情
把冬天
烤得全身温暖

爱

冬天的心再冷
爱的火焰
也会把它捂暖

热水澡

尽情地淋吧
用淋漓尽致的痛快
把寒冷的全身洗暖

寒风

本是柔若无骨的你
为何携一股腾腾杀气
把草木的日历吹黄

冰雪

冬天的泪凝固了
但愿爱的血液
不要冷若冰霜

棉衣

棉衣是铠甲
披挂上阵
跟寒冷作战

寒夜

天道有时候都很冷
何况是人间的黑夜

寒风

寒风喜欢抽别人的脸
尊严伤得
骨子里都疼

天地万物（微型组诗）

石头

没有石头的硬度
哪有山峰的高度

结局

奸佞害人
忠良被害
害人的人常常遗臭万年
被害的人往往流芳百世

野草

地位卑微
生命却旺盛

泥土

没有泥土的肉体
哪有世间万物的生命

沙子

你和石头一样的本质
石头拥有的是巨大
沙子却只有微小

风

风的脚步虽轻
但只要经过
都会留声

花朵

花是年的豆蔻年华
也是春的莞尔一笑

白天

倘若心中没有白天
人间还有什么盼头

黑夜

只因黑夜的遮掩
魑魅魍魉才会出来作祟

钢铁

钢铁虽硬
也是石头练出的精华

火

火不是灾祸
它烧出的是人间的文明

山峰

无论山峰怎么高峻
它始终在人的脚下

人

人是天地之魂
魂有人魂
也有鬼魂

六　畜（微型组诗）

马

虽然常被人骑
但是总受人爱

牛

一生劳累的苦命东西
很多人却用我来自喻

羊

我吃的是树叶杂草
别人吃的却是我的肉

猪

活着你们骂我蠢　宰了你们吃我肉
下辈子一定和你们这些聪明人换换

狗

对人忠心耿耿却被人骂
其实很多人模人样的东西
背地里却连我都不如

鸡

本是高贵的鸟类
到了人类的家中
为何就成了贱种

家（微型组诗）

家

用血浓于水的情
筑造一个单元的爱

父亲

劳作如老牛
慈爱如菩萨

妻子

用一双勤劳的手
操持一家的日子

家长

用心思和精力为梁柱
撑起全家的安稳

孩子

用亲情和爱喂养
长出健康和快乐

母亲

勤俭养家
和睦处世

第二辑

格律诗

阅尽山中风雪雨，
不争春色亦流芳。
寸蕊花间含傲骨，
冷霜何惧显风流。
欲把痴情当妙药，
岂知心病少灵丹。

咏鲁迅（四首）

1

一副铿锵骨，
金刚怒目容。
文章惊敌胆，
墨海跃蛟龙。

2

入木三分利，
淋漓破敌魂。
笔枪抨鬼蜮，
沥血润乾坤。

3

巨著砌山高，
锋芒胆气豪。
天昏妖作祟，
志士敢抽刀！

4

辣笔作投枪，
寒光射上苍。
雄文千古壮，
浩气万年长。

悬崖松（二首）

1

虬枝盘曲骨铮铮，
甘与山风共冷清。
历尽人间霜雪雨，
千秋不老笑苍生。

2

何惧寂寥立险峰，
身悬绝壁尚从容。
闲时俯涧三声啸，
招鹤前来又一逢。

秋　寒（二首）

1

遥星冷月五更寒，
寸寸相思入梦难。
欲把痴情当妙药，
岂知心病少灵丹。

2

一钩新月一钩愁，
残梦无情扰白头。
长夜难眠敲韵句，
暂将秋泪付清流。

桃花诗情（二首）

1

我自花红绮梦时，
千娇百媚为谁知。
相思化雨缠绵意，
不见刘郎来作诗。

2

休将俏美负东风，
二月桃仙笑靥红。
何怨流年春色短，
诗情岁岁满园中。

踏　春（二首）

1

一路春光伴我行，
山花带笑水含情。
东风有意铺词卷，
读醉飞禽处处鸣。

2

春花开遍万山红，
最喜林间烟雨蒙。
踏趣寻诗诗作梦，
乾坤醒处正东风。

30 年的荣光（二首）

——贺宾于诗社成立 30 周年

1

耕云种月乐悠悠，
又做农夫又做牛。
字字吟成金谷粒，
弘扬国粹亦风流！

2

天道酬勤硕果丰，
功夫不负老诗翁。
酿成韵律飘香酒，
贺我荣光耀碧空。

题大路边古华寺（二首）

1

晨钟敲日月，
暮鼓响空山。
禅意林烟处，
云飞风自闲。

2

宝刹见灵光，
祥云绕殿堂。
有缘心向佛，
上炷悟禅香。

桃园结义刘关张（三首）

刘备

群雄逐鹿起狼烟，战火纷飞暗日天。
拯救黎民怀大义，匡扶汉室执长鞭。
三分天下终归定，一统江山尚未先。
莫忘阴晴圆缺月，从来美梦古难全。

关公

赤兔奔驰千里风，沙场征战立奇功。
桃园结义传佳话，蜀国封侯耀碧空。
血溅征途昭皓月，气冲云汉贯长虹。
青龙偃月屠狼虎，神武英魂万代崇。

张飞

一腔豪气贯云霄，勇冠三军战敌枭。
寒铁蛇矛挑猛将，威风虎将缚穷妖。
忠魂凛凛黄金铸，铁骨铮铮白玉雕。
虽死犹生求大义，受人参拜亦逍遥。

中国古代四大美女（四首）

王昭君

远嫁匈奴雪域寒，
风中琵琶抑云端。
无缘侍帝深宫冷，
有幸胡天佩凤銮。

貂蝉

焚香祈祷月中天，
绰约风姿万古传。
美女连环施妙计，
屠狼猎虎敢为先。

西施

沉鱼落雁貌如花，
靓女清溪浣薄纱。
国恨家仇终雪耻，
流芳百世有奴家。

杨贵妃

醉生梦死伴唐王，
谁解风流意味长。
本是人间淫乱事，
缘何后世动肝肠？

赞花中四君子（四首）

梅

漫天飞雪独风流，
苍野茫茫意境悠。
高雅梅香千古颂，
荣华富贵复何求。

兰

寒川深涧散幽香，
不惧清寥伴冷霜。
阅尽山中风雪雨，
不争春色亦流芳。

菊

不与春花竞俏容，
秋风更显性情浓。
铮铮瘦骨霜天劲，
独领风骚映日彤。

竹

笑傲风霜立大川，
一生长卧醉中眠。
虚怀犹见铿锵气，
高节更存诗画篇。

岁寒三友颂（三首）

松

遒枝绿叶劲根盘，
立定悬崖赏壮岚。
傲雪迎霜争日月，
长青不老笑严寒。

竹

青青劲竹立云间，
绿影婆娑碧玉颜；
侠骨柔肠风采秀，
泱泱气节壮山关。

梅

冰天雪地我先开，
淡淡清香入心怀。
凛冽寒风花自俏，
潇潇洒洒报春来。

连州武校吟（五首）

校风

湟川河畔沐春风，
秩序井然气势雄。
强身健体人振作，
崇文尚武啸长空。

校长

呕心沥血育新苗，
万苦千辛肩上挑。
桃李芬芳花盛日，
一腔豪气射云霄。

教师

和风细雨润心田，
培育人才德在先。
教学创新常探索，
师魂熠熠耀青天。

教练

一招一式见功夫，
武艺超群授众徒。
赛场夺魁扬斗志，
连州武校笑江湖。

学生

飒爽英姿神采扬，
生龙活虎俊儿郎。
今朝我辈前程美，
练武习文闯四方。

春天歌咏（六首）

春山

满山啼鸟满山花，
云绕群峰披白纱。
莫羡春光无限美，
人生处处有芳华。

春水

一江春水起鳞波，
两岸花红绿柳多。
遥望远山深涧细，
长长白练舞婆娑。

春花

一树鲜花别样红，
缤纷烂漫笑东风。
阳光有意难成梦，
春雨无心泪自空。

春风

二月春风气壮哉，
新枝嫩叶百花开。
生机勃发人间暖，
天地无私大爱来。

春雨

甘霖普降雨飘扬，
万水千山春意长。
三月江南风景好，
乡村弥漫野花香。

醉春（新韵）

一觉醒来迟，
满山春鸟啼。
举杯昨夜醉，
犹记梦中诗。

贺连州市宾于诗社 26 岁生日（四首）

1

又是一年六月中，
高朋满座乐融融。
举杯共祝宾于社，
岁岁迎来硕果丰。

2

金声玉律动心弦，
德艺双馨照碧天。
踏遍连州山水路，
风风雨雨入诗篇。

3

宾于诗社满园芳，
斗艳争奇花更香。
明月一轮心上挂，
悠悠湟水万年长。

4

宾于诗社好春光，
龙马精神斗志扬。
坎坷人生何所惧，
风流倜傥写华章。

祝贺连州市宾于诗社成立27周年（五首）

1

六月神州吹惠风，
古城文友喜相逢。
宾于诗社同协力，
化作长空七彩虹。

2

文风浩荡古风长，
旖旎风光入梦乡。
愿为连州歌一曲，
湟川文艺百花香。

3

闲来信笔作诗篇，
雅韵清音效古贤。
篁竹满园鸣脆玉，
年年吟唱尽开颜。

4

愿做天龙愿做牛，
一腔豪气写风流。
江湖险恶心无惧，
手执金刀斩鬼头。

5

宾于雅韵壮千秋，
碧水湟川万古流。
人把连州当画画，
我骑天马跃连州。

贺宾于诗社成立28周年

宾于雅韵耀苍穹，
诗社盛名贯彩虹。
湟水滔滔传广誉，
巾峰耸耸送清风。
文章尚衬梅兰美，
气血犹昭肝胆雄。
更喜人才今日出，
千年古邑万山红。

庆贺宾于诗社成立 29 周年

妙笔生花绘彩虹，
金声玉律彻长空。
千秋浩气今重啸，
敢向天狼拉硬弓！

致民间文艺家张德文先生（二首）

1

能工巧匠显风流，
石刻根雕誉九州。
始信恒心成大器，
功夫自是苦中求。

2

一斧一凿人未知，
巧将腐朽化神奇。
雕龙画凤皆精品，
不负苍天待我时。

西行取经四师徒（四首）

唐玄奘

不辨忠奸不辨妖，
江湖步步路迢迢。
山高水远重重恶，
念佛焉能苦难消？

孙悟空

浑身是胆好猴哥，
定海神针镇众魔。
火眼金睛分善恶，
山间哪有不妖多。

猪八戒

天生我敢戏嫦娥，
愿贬凡间受折磨。
哪怕如今容貌丑，
风流依旧又如何！

沙和尚

肩挑重担越山川，
踏向龙潭虎穴前。
何惧妖魔挡去路，
风风雨雨到西天。

纪念欧阳修公（四首）

1

才高八斗笔锋雄，
美德华章壮古风。
一代宗师光史册，
千秋浩气贯长虹。

2

风流倜傥位三公，
神采飞扬号醉翁。
莫叹平生多挫折，
文章千古啸苍穹。

3

赤胆忠心报国邦，
德高望重美名扬。
一生耿直遭磨难，
热血如虹日月长。

4

欧阳祖辈谥文忠，
撰史修文建树丰。
我欲高飞期展翼，
翱翔天地振雄风。

咏孙中山（五首）

1

几番北伐战旗红，
忧国忧民志亦雄。
革命精神昭日月，
高歌一曲缅孙公。

2

唤醒人民起飓风，
推翻帝制立奇功。
毕生奋斗精神在，
留取丹心照碧空。

3

百年屈辱甚悲伤，
古国膏肓败似霜。
民族垂危谁拯救？
乾坤力挽仰孙郎。

4

一生戎马啸长风，
万里征程夕照红。
自有雄才磅礴气，
孙文铁笔叱苍龙。

5

尚未成功志未酬，
英风浩气贯神州。
顶天立地英雄汉，
一代先驱史册留。

花卉十吟（十首）

桂花

八月花开遍地香，
小桥流水好风光。
十年一觉连州梦，
夜夜神思到故乡。

杜鹃花

花开似火遍地红，
朵朵鲜妍笑春风。
最是家乡风景胜，
清风拂面雨迷蒙。

李花

一树芬芳一树花，
春风笑我有人夸。
从来洁白多人爱，
老子生来就姓它。

桃花

一树缤纷一树红，
英姿飒飒醉春风。
白花不及此花艳，
粉靥娇羞各不同。

山茶花

红红秀靥似人描，
艳艳花容媚不妖。
可与牡丹相媲美，
虽无富贵亦逍遥。

莲花

亭亭玉立拂清风，
笑靥娇妍映日红。
虽在池中泥里出，
一身碧绿不染容。

水仙花

冰肌玉骨誉仙花，
淡雅清香我赞它。

不喜淤泥单爱水，
玲珑剔透着轻纱。

竹子

青青翠竹立山间，
挺直腰杆动地天。
暴雨狂风摧不垮，
泱泱气节载诗篇。

牡丹

国色天香誉洛阳，
雍容华丽我称王。
姚黄魏紫群芳妒，
纵使善良少赞扬。

菊花

空山野菊立深秋，
凋零群芳我自留。
寸蕊花间含傲骨，
冷霜何惧显风流。

古代先贤吟赞（五首）

李商隐

风流才子本多情，
苦恨巴山雨不晴。
莫问何时同剪烛，
相思一夜到天明。

陶渊明

南山种豆乐陶陶，
云淡风轻品质高。
只为清名心愿遂，
岂求五斗自弯腰。

阮籍

佯狂礼法藐森严，
一醉酣眠六十天。
岂独看人青白眼，
犹常慷慨赋诗篇。

屈原

汨罗江上气如虹，
夫子英魂傲碧空。
忧国忧民垂史册，
离骚字字耀苍穹。

包拯

横眉从不畏强权，
刚正常伸百姓冤。
龙虎铡开惩巨恶，
青天美誉岂虚传？

山村行歌（五首）

宿瑶寨

清风阵阵月当空，
浓郁花香入梦中。
点点星光山野旷，
鸟鸣我醒太阳升。

故乡

金秋送爽桂花香，
绿水青山野菊黄。
秀丽风光如画卷，
故乡入梦满天霜。

春日

杨柳轻轻拂翠堤，
莺歌燕舞正春时。
风光秀丽真如画，
胜读王维山水诗。